Die sieben Säulen der Schmerzen

Daniel Bettighofer

Manuel Augant

Impressum:
Bibliografische Information der Deutschen Nationalbibliothek. Die
Deutsche Nationalbibliothek verzeichnet diese Publikation in der
Deutschen Nationalbibliografie; detaillierte bibliografische Daten
sind im Internet über http://dnb.d-nb.de abrufbar.
Veröffentlicht bei Infinity Gaze Studios AB
2. Auflage
März 2024
Alle Rechte vorbehalten
Copyright © 2024 Infinity Gaze Studios
Texte: © Copyright by Daniel Bettighofer, Manuel Augart
Lektorat: Christine Strobel
Cover & Buchsatz: Valmontbooks
Das Werk ist urheberrechtlich geschützt. Jede Verwertung außer-
halb des Urheberrechtsgesetzes ist ohne Zustimmung von Infinity
Gaze Studios AB unzulässig und wird strafrechtlich verfolgt.
Infinity Gaze Studios AB
Södra Vägen 37
829 60 Gnarp
Schweden
www.infinitygaze.com

»Mutter, dein Zustand hat sich enorm verschlechtert, seit Vater am Herzinfarkt gestorben ist.« Urian sah seine Mutter besorgt an und setzte sich ihr gegenüber an den Küchentisch. »Doch mach dir keine Sorgen, ich kümmere mich nach wie vor um dich. Nimm jetzt bitte deine morgendlichen Tabletten ein.« Er öffnete eine Plastikschatulle und schob sie ihr entgegen.

Schnell stand Urian wieder auf, um ein Glas aus dem Küchenschrank zu holen und es mit Leitungswasser zu füllen. Mit dem vollen Glas ging er zu seiner Mutter zurück und stellte es vor ihr auf dem dunklen massiven Holztisch ab.

Er bemerkte, wie sie zum Küchenfenster hinaussah. Ihr Blick war starr auf einen kleinen unscheinbaren Wald gerichtet. Raben wurden gerade durch irgendetwas aufgeschreckt, sie stiegen schnell und in alle Richtungen aus dem Wald gen Himmel empor.

»Mach dir keine Sorgen, ich werde selbstverständlich Vaters Erbe antreten!«

Seine Mutter drehte den Kopf und blickte ihn mit leeren Augen an. Langsam griff sie nach der handvoll Tabletten, führte diese zum geöffneten Mund und nahm einen kräftigen Schluck aus dem Glas, um die Pillen einheitlich Richtung Magen hinunterzuspülen.

Mit einem lauten Knall schlug das fast leere Glas wieder auf dem Tisch auf.

Wortlos erhob sie sich, verließ die Kochstube und legte sich auf das abgenutzte grüne Sofa, das mitten im Wohnzimmer stand, um sich etwas auszuruhen. Sie schloss ihre Augen und atmete gleichmäßig durch den leicht geöffneten Mund. Urian blieb, um auf andere Gedanken zu kommen, in der Küche zurück und begann leise die Spülmaschine auszuräumen. Er blickte kurz auf die Uhr über der Küchentür.

Sie zeigte 05:11 Uhr an. *»Bald muss ich mich auf den Weg in die Arbeit machen«,* dachte er sich. Nachdem er alles verräumt hatte, ging er zügig ins Bad, um sich seine Arbeitshose anzuziehen. Urian warf noch einen traurigen Blick auf seine erschöpfte Mutter und lief dann hinaus zur Garage, öffnete diese und stieg in seinen kleinen weißen Dreitürer.

Zwei Polizisten hielten, um keine Aufmerksamkeit zu erregen, etwas abseits an einer matschigen Kieselsteinstraße eines kleinen Waldes an.

Michael Miller und sein Kollege David Straus stiegen aus, zückten ihre Taschenlampen und schalteten sie ein. An diesem kalten November Tag wurde es bereits dunkel.

Der größere von beiden, Michael, war ein blondes, zwar hageres, aber 1,93m ausgewachsenes Muskelpaket. Die lange Nase und der dünne kleine Mund passten eigentlich nicht zu der Statur mit Vollbart und tiefer, dunkler Stimme. Seine buschigen Augenbrauen stachen aufgrund seiner hohen Stirn etwas hinaus.

Die mandelförmigen, nussbraunen Augen waren hinter einer gleichfarbigen Hornbrille versteckt, die immerzu leicht von der langen Nase rutschte.

Er war stets umgeben von einer herben Parfumnote, die ihm nicht von der Seite wich.

David jedoch war ein kleiner, etwas übergewichtiger Genosse. Er liebte Donuts in allen möglichen Ausführungen. Am liebsten sind ihm aber die klassischen, die einen, die nur mit Zucker bestreut sind. Die hellblauen Augen funkelten fröhlich, die langen schwarzen Haare waren locker zu einem Pferdeschwanz gebunden. Unter der kurzen Nase blitzte vom Mondschein beleuchtet sein Nasenpiercing. Er sah zu Michael rüber.

Dieser nickte David zu und vorsichtig liefen sie in den dunklen Wald hinein. Sie waren auf der Suche nach einem seit zwei Wochen vermissten siebzehnjährigen Mädchens.

Michael sah sich nochmal das Fahndungsbild an. Cora hatte blaue Augen, schwarze Haare, ein leichtes Lächeln mit Grübchen und eine Stupsnase. An dem Tag, als Cora verschwand, haben die Eltern ein leeres Bett in ihrem Zimmer vorgefunden, darauf saß eine weiße, etwa zehn Zentimeter kleine Puppe, mit schwarzen Knopfaugen und einem Maurernagel in der rechten Hand. Der Nagel war aber nicht das Skurrilste an der Puppe. Punkt Mitternacht fing sie jeden Tag schaurig an zu lachen.

Wo steckst du nur, murmelte Michael mürrisch und sah hinauf in den Himmel. Ein Sturm hatte sich aufgezogen.

Es begann zu regnen und ein Tropfen traf Michael direkt ins linke Auge.

Er kniff es leicht schmerzverzerrt für ein paar Sekunden zusammen, bis das unangenehme Gefühl nachließ. Weiße Blitze zuckten über den dunklen Nachthimmel.

Die schwache Brise verwandelte sich binnen Minuten in eine stürmische Böe. Abgefallenes Laub wurde aufgewirbelt und tanzte verrückt durch den Wind. Es sah so aus, als ob die Blätter einen kleinen Tornado bildeten.

Michael und David zogen die Schultern hoch und drangen, trotz der umherfliegenden Äste, weiter in den nun bedrohlich wirkenden Wald vor. Ein lautes Knacken eines abgebrochenen Astes war zu hören und ließ sie kurz erstarren. Ihr Herz schlug bis zum Hals und ein kalter Schauer lief ihnen über den Rücken.

Die Dorfbewohner von Hammlech vermieden es, in den Wald zu gehen. Wieso das so war, erzählte aber niemand. Wenn sie darauf angesprochen wurden, sah man nur in bleich gewordene und angsterfüllte Gesichter.

David rollte bei dieser Reaktion jedes Mal mit den Augen. *Warum haben die Leute hier nur so Angst vor dem Wald? Geistergeschichten sind doch nur Humbug!«*, dachte er sich. Trotzdem hatte David vorgeschlagen, erst Näheres über den Ort Hammlech und den Wald herauszufinden.

Michael jedoch hatte es nicht so mit recherchieren, er wollte den Sachen lieber vor Ort gleich auf den Grund gehen. Deshalb stampften sie jetzt ohne weitere

Informationen durch den dunklen Hammlecher Wald. Der Mond schien nur noch ab und zu durch die dichter werdenden Baumkronen und der Wind lies die Schatten der Bäume lebendig wirken.

Der Regen verwandelte den ohnehin schon feuchten Waldboden fast in ein Sumpfgebiet. Wölfe heulten entfernt. Es klang schaurig. Ab und zu entdeckten sie leuchtende große Augen, die sie auf ihrem Weg beobachteten. Auch wenn Michael wusste, dass es nur Eulen sein konnten, überkam ihn dennoch ein mulmiges Gefühl.

Der merklich stärker werdende Wind blies durch die Bäume und lies die Äste laut aneinanderknallen.

Plötzlich flog eine Fledermaus ganz knapp über Michael und David's Köpfe und ließ sie zusammenzucken. Sie waren nun schon gänzlich durchnässt und Gänsehaut breitete sich über ihre Körper aus. Michaels Herz pochte jetzt ganz schnell. Auf seinem Gesicht vermischte sich der kalte Schweiß mit den großen Regentropfen. Wegen des verdammten Sturzregens, sah er nur noch verschwommen durch seine braune Hornbrille. Der Sturm war inzwischen so stark, dass sie sich überlegten einen Unterschlupf zu suchen, bis der Regenguss etwas nachgelassen hatte. Sie wollten gerade unter den Wurzeln eines umgestürzten Baumes Schutz suchen, als die Beiden hinter sich seltsame Geräusche wahrnahmen. Sie drehten sich rasch um. Da war es wieder. Die Geräusche hörten sich dumpf und weit entfernt an, hoben sich jedoch eindeutig von dem Getöse des Sturmes ab. Es klang wie Stimmen. Ein Anflug von Panik machte sich breit und Michael und

David sahen sich an. Der Gedanke an einen Unterschlupf war vergessen. Ohne lange zu zögern, folgten sie den Stimmen, die sehr verzerrt und undeutlich die Richtung vorgaben.

»Lass uns dort entlanglaufen«, wies Michael seinen Kollegen David an und zeigte mit dem rechten Zeigefinger nach links, als sie an einer Gabelung ankamen. Die Stimmen schienen von dort zu kommen.

In der Mitte der Wegscheide sahen sie ein Schild, das schon morsch und faulig war. Darauf stand in bereits moosiger grüner Schriftfarbe `Alte Försterei` geschrieben. *„Vielleicht war die Schrift früher mal schwarz"*, dachte sich Michael.

Sie liefen ganz langsam auf dem matschigen Boden weiter, wobei sie bis zum Sprunggelenk einsanken. Nach jedem Schritt ertönte ein flatschiges Geräusch beim Gehen.

David beschwerte sich mürrisch: »Du schuldest mir ein paar neue Schuhe Michael, warum musst du jedem noch so kleinem Hinweis nachgehen?«

Michael hörte nur halb zu, da er mit gesenktem Blick darauf achtete nicht den Weg zu verlieren. Ein paar Schritte weiter erfasste der Schein seiner Taschenlampe etwas Seltsames am Wegrand. Auch David leuchtet auf die Stelle am Rand und blieb stehen. Das war ungewöhnlich. Beide blickten mitten im Wald auf eine verwitterte Bushaltestelle. Vorsichtig gingen sie näher heran und erkannten links vor dem Häuschen, halb verdeckt von Bäumen und Sträuchern, ein grün-gelbes Haltestellenzeichen.

Sie schauten nach rechts, denn dort heulte ein Kauz ihnen dumpf entgegen und ein gleichmäßiges, laut summendes Geräusch hörten sie aus irgendeinem der vielen Büsche, die den Wegrand säumten. Als sie wieder zum Haltestellenhäuschen sahen, erstarrten sie vor Schreck. Das Licht ihrer Handleuchten erfasste das Gesicht einer alten Frau. Sie hatte oben in der Mitte nur zwei weiße Schneidezähne und einen schwarzen verfaulten Zacken unten links. Neben einer dicken Wulstnase sahen ihnen stechende blau-grüne Augen entgegen. Die dünnen schlohweißen Haare reichten vermutlich bis zum Boden, was in dem düsteren Licht der Lampen jedoch schlecht erkennbar war. Davids Taschenlampe sank etwas. Er sah, dass die alte Frau ein rostbraunes Kleid trug und ihr linker Ärmel in Fetzen bis zum Ellbogen herunterhing.

»Hallooooh, krächzte sie ihnen dumpf entgegen. Was verschlägt euch hierhin?«, fragte sie neugierig und starrte dabei tief in Michaels Augen.

»Wir sind auf dem Weg zur alten Försterei«, antwortete er zurückhaltend. Die seltsame alte Frau brauchte nicht zu wissen, dass sie Cora suchten. Sie grinste schief und antwortete mit belegter Stimme: »Da seid ihr an der letzten Gabelung aber falsch abgebogen.«

»Aber an der Verzweigung zeigte das Förstereischild zu diesem Weg«, sagte David schroff.

»Nein, neein, neeeein! Habt ihr die zweite Gabelung nicht gesehen? Da hättet ihr nach links laufen müssen! Hier gelangt ihr zur großen Lichtung der Säulen der sieben Schmerzen! Dreht sofort um!«, rief sie mit einem warnenden Blick.

Fragend sah David zu seinem Kollegen.

»Ach was, wir sind schon auf dem richtigen Weg«, antwortete Michael und setzte sich wieder in Bewegung.

Hinter sich hörte er David fragen: »Was sind bitteschön die Säulen der sieben Schmerzen?« Michael blieb stehen und drehte sich um.

Die alte Frau starrte David durchdringend an und antwortete leise: »Kennt ihr denn nicht den Jahrhunderte alten Mythos? Alle sieben Jahre werden sieben Menschen ein grauenvolles Ende erlangen! Schreckliche Opferrituale finden auf der Lichtung statt. Dieses Jahr ist es wieder soweit! Dreht lieber um und schreckt nichts auf! Folgt dem Weg zurück aus dem Wald oder lauft weiter und spürt den Zorn des bestialischen Mörders und Hüters der sieben Säulen«, zischte sie angsterfüllt.

»Ich glaube nicht an solche Ammenmärchen. Wer sind Sie eigentlich?«, fragte Michael argwöhnisch.

»Ich bin Edeßa«, hauchte sie, drehte sich um und ging in den finsteren Wald hinein.

Michael und David hörten noch ab und zu das Knirschen der am Boden liegenden Äste. Das Geraschel entfernte sich langsam immer weiter, bis es wieder ruhig war. Ganz still. Keine Geräusche waren mehr zu hören. Der Wald war, als würde er zuhören. Nur der Regen prasselte dumpf auf ihnen herab.

»Komm David, wir schauen, dass wir weiter kommen.« Michaels Stimme durchbrach die Stille.

David schloss zu seinem Kollegen auf und sie stapften entschlossen, den nun immer steiler werdenden Weg, hinauf.

»Ich habe selten so einen Quatsch gehört«, sagte David zu seinem Kollegen. Sie kennen sich jetzt schon bald acht Jahre und er sah Michaels skeptischen Blick.

»Ja, die alte Frau war komisch. Läuft bei diesem Wetter alleine im Wald herum und erzählt Schauergeschichten«, gab ihm Michael recht.

Sie mussten den Weg in kleinen Trippelschritten bewältigen, denn der Hang hinauf war einfach zu rutschig. Oben angekommen erreichten sie eine riesige Lichtung. Sie blieben stehen und sahen sich gegenseitig an. Der Mond strahlte auf ein morsch aussehendes Haus hinab, das die Größe eines Landhauses hatte. Es machte nicht den Anschein, als ob es bewohnt wäre. Es brannte kein Licht. Nur Dunkelheit war durch die Fenster zu erkennen.

Sie schalteten ihre Taschenlampen aus. Michael gab seinem Kollegen per Handzeichen zu verstehen, dass er hinter dem Anwesen nachschauen sollte.

David nickte ihm zu und verschwand hinter dem Haus. Währenddessen machte sich Michael auf zur Eingangstür. Er stieg sieben Treppen hoch und klopfte zaghaft an der Tür an. Diese öffnete sich, durch den Druck des Klopfens, sofort quietschend einen Finger breit. Michael starrte mit Unbehagen auf den Türspalt. Kalte Luft strömte heraus.

»Michael, komm schnell her!«, hörte er in diesem Moment David etwas entfernt brüllen.

Kapitel 2

Michael war erleichtert, nicht alleine in das Gebäude hineingehen zu müssen.

Er machte kehrt und lief hinter das Haus zu David.

Doch sein Kollege war nirgends zu sehen.

Michael sah sich um.

Vor ihm standen sieben alte grobgehauene Steinsäulen, einige Meter ragten sie hinauf. In der Mitte stand ein gewaltiger Hinkelstein.

»David, wo bist du?«, rief er fragend.

»Hier bin ich«, antwortete David und kam hinter einem Stein hervor.

Michael lief zu ihm und fragte: »Was ist das für ein komischer Ort hier?«

»Nicht die Försterei, sonst lasse ich mich gleich umschulen, wenn die Förster hier sich so ein Anwesen leisten können«, witzelte David.

»Vielleicht die komischen sieben Säulen, von denen die alte Frau gefaselt hat«, meinte er wieder ernster.

»Schau mal hier, was ich gefunden habe.« Er zeigte auf einen Stein.

Michael sah einige Millimeter tiefe Furchen, vermutlich Kratzspuren von zwei Händen.

Er sah sich weiter um. Besonders interessant fand er den Hinkelstein. Dieser war unten breit und oben zu einer Spitze geformt war. Als er näher hinlief, erkannte er, dass dort etwas eingemeißelt war.

Die Jahreszahl 1887. Darunter war eine Schrift, die er nicht lesen konnte und noch nie gesehen hatte. *»Irgend so Runenzeug«*, dachte er sich.

Er sah sich um und griff dann nach seinem Handy in der rechten Hosentasche. Doch weil alles durchnässt war, bekam er es nicht sofort heraus. Er sah hinunter zur Hose, fluchte kurz und nahm die linke Hand zur Hilfe. Endlich war das Handy greifbar.

Er wich ein paar Schritte zurück und machte aus verschiedenen Perspektiven Fotos von dem Hinkelstein.

Michael drehte sich um und wollte David von seiner Entdeckung erzählen.

Doch David lag am Boden.

Mit einem Satz rannte er zu ihm und sah, dass sein Kopf blutüberströmt war. An seinem Nacken klaffte eine tiefe offene Wunde. Das dünne Fleisch und die weißen Sehnen waren sichtbar. Sie schimmerten und glänzten ihm entgegen. Immer noch rann Blut heraus und bahnte sich einen Weg den Körper hinunter. Mit der linken Hand drückte Michael gegen den Nacken, um die Blutung zu stoppen. Mit der anderen Hand fasste er David am Rumpf und drehte ihn vorsichtig auf den Rücken.

Davids Gesicht war voller Schlamm und ein Speichelfaden lief am Mundwinkel herab.

Schnell brachte Michael sein Gesicht über Davids, um die Atmung zu kontrollieren. Gleichzeitig legte er

Zeige- und Mittelfinger an seinen Hals und schloss konzentriert seine Augen.

Er spürte einen Puls. Erleichtert öffnete er wieder seine Augen und blickte in ein ihm unbekanntes Augenpaar.

Mit einem Satz richtete er sich auf, sein ganzer Körper zitterte und sein Herzschlag setzte für einen Moment aus, bevor sein Puls zu rasen begann. Der Hals vibrierte förmlich und die Hauptschlagader trat an seinem Hals sichtbar hervor. Adrenalin schoss durch seinen Körper und Michael hörte das Rauschen seines Blutes, das durch die Adern in seinem Kopf gepumpt wurde.

Etwas kniete einige Meter entfernt vor ihm im Gras und starrte ihn mit abartig kleinen katzenförmigen Augen an.

Durch die verschwommene Sicht der Brille sah er in ein weiß leuchtendes Auge. Darunter verliefen unzählige vernarbte Kratzspuren, die sich über die gesamte linke Gesichtshälfte zogen und sich in alle Richtungen kreuzten. Der Mundwinkel war weit hinunter gezogen. Haare waren nicht zu erkennen. Die rechte Gesichtshälfte jedoch war makellos. Dieses Auge war grün und der Mundwinkel grinste ihm mit einem Grübchen entgegen. Am Kinn war Blut zu erkennen, dass die Kreatur langsam mit seiner langen Zunge ableckte, noch bevor der Regen es wegwusch.

Der Rest der Gestalt war mit einem dunkelgrünen Umgang verhüllt. Es hob beide Arme, um sich seine Kapuze überzuziehen. Nur drei Finger waren an der linken Hand zu erkennen, der Kleine- und der

Ringfinger fehlten. Plötzlich richtete sich die Kreatur auf und rannte Richtung Osten in die Dunkelheit davon.

Michael blickte ihm geschockt nach, bis er sich wieder auf David besann.

»David?«

»David!«

»Wach auf! Hörst du? David!« Mehrfach tätschelte er seine Wangen. Zuerst leicht, dann etwas fester.

Langsam kam er wieder zu sich.

»Uh Michael, was ist passiert? Mich hat irgendwas von hinten angegriffen. Argh! Mein Kopf«, murmelte David etwas benommen.

»Was ... war das«?

»Ich habe es kurz gesehen«, keuchte Michael.

Das letzte Wort verschluckte er fast.

Michael wollte ihm erklären, was er gesehen hatte, bekam aber keinen weiteren Ton mehr raus.

Er half David behutsam auf, legte dessen linken Arm ganz vorsichtig um seinen Hals und sah sich nochmal kurz um. Dann schlurften sie langsam in Richtung des vermatschten Pfads.

»Komm, lass uns von diesem Ort verschwinden«, schnaufte Michael unter der Last seines Kollegen.

Nach einer gefühlten Ewigkeit erreichten sie den Ausgang des Waldes.

Michael war sichtlich erleichtert, als er von weitem seinen schwarzen Kombi erblickte.

»Selten habe ich mich so gefreut, die alte Rostlaube wieder zu sehen«, dachte er sich, zuckte aber im gleichen

Moment zusammen, da er in einiger Entfernung hinter dem Auto die Silhouette eines Mannes erkannte.

Reflexartig hob er Davids Arm von seinem Hals, legte ihn schnell, aber sanft auf dem Boden ab und griff nach seiner Waffe.

David sackte vor Erschöpfung sofort wieder in sich zusammen, als er versuchte aufzustehen. Er hatte wohl zu viel Blut verloren.

Er ächzte laut auf, jede Bewegung mit seinem Kopf bereitete ihm unendliche Schmerzen.

Michael ging mit einem Bein auf die Knie und rief: »Halt, wer sind Sie? Identifizieren Sie sich sofort oder ich schieße!«

»Ich bin der Förster hier in Hammlech. Ihr Kollege Herr Kubic hat mich telefonisch darauf hingewiesen, dass sie vorbeikommen und nach mir suchen. Ich habe einige Stunden in der Försterei gewartet und nachdem niemand gekommen ist, habe ich mich auf die Suche begeben.«

Sofort überkam Michael ein warmes Gefühl, das sich langsam in seinem Körper ausbreitete.

Erleichterung. Etwas zumindest.

»Ich habe jetzt keine Zeit für Sie, ich muss meinen Freund sofort in ein Krankenhaus bringen!«

Er half David wieder auf und zog ihn mit letzter Kraft zum Wagen, machte die Hintertür auf und setzte David auf den Rücksitz.

Keuchend und mit schmerzverzerrtem Gesichtsausdruck legte dieser sich auf die drei freien Sitze. Michael rupfte sich seine triefend nasse Jacke vom Leib, wrang sie kräftig aus und faltete sie zu einem kleinen

Kissen zusammen, um sie seinem Freund vorsichtig unter seinen Kopf zu stecken.

»Fünf Kilometer von hier ist das nächste Krankenhaus, soll ich mitkommen und Ihnen den Weg zeigen?«, fragte der Förster mit ruhiger, weicher Stimme.

»Nein ich kenne das Krankenhaus, kommen Sie morgen auf das Polizeirevier 154, denn ich habe einige Fragen und hoffe, dass Sie Sie mir beantworten können«, antwortete er flüchtig.

Michael schlug die Hintertür zu, setzte sich zügig ins Auto, drehte schnell um und fuhr los.

Während er viel zu schnell die Landstraße entlang raste, machte der Kommissar die Sirene an und gab über Funk durch, dass sein Kollege schwer verletzt und er unterwegs ins Krankenhaus war.

Endlich angekommen, wartete schon ein Ärzteteam auf die beiden.

Sie zogen David an den Schultern aus dem Auto, legten ihn zu viert auf eine Trage und fuhren ihn schnell hinein.

Das Ärzteteam kontrollierte umgehend seine Vitalwerte. Eine Ärztin rief laut »Schockraum eins!« Und schon verschwanden alle in dem Behandlungsraum. Die blauen Türen fielen langsam zu.

Eine Ärztin hielt Michael sanft davon ab, hinterherzugehen.

»Hallo mein Name ist Doris, lassen Sie mich sich kurz untersuchen. Nur um sicherzugehen, dass Ihnen nichts fehlt.«

Das nette Fräulein ist noch keine fünfundzwanzig, schätzte Michael und musterte sie sorgfältig.

Das lange, blonde Haar fiel locker an den Schultern hinunter. Das Gesicht war mit Make-up glatt gestrichen. Keine Unreinheiten waren zu erkennen. Eine leichte Lavendelduftwolke kam ihm entgegen, als sie ihm freundlich zu lächelte. Die Ärztin schob ihn sanft in ein freies Behandlungszimmer und checkte ihn auf Herz und Nieren durch. Jeder Handgriff schien perfekt einstudiert, so gut beherrscht sie ihr Handwerk. »Respekt,«, dachte Michael sich, »*die hat's richtig drauf.*«

Als sie endlich zufrieden war und bemerkte, dass ihm nichts fehlte, setzte sie ihn in den Warteraum und gab ihm zu verstehen, dass sie ihn über Davids Zustand auf dem Laufenden halten wird.

Widerwillig saß er auf einem der ungemütlichen Plastikstühlen. Vor ihm lagen auf einem runden Holztisch bunten Flyer, die scheinbar über jede noch so seltsame Krankheit aufklärten. Er war alleine im Warteraum und mit der einkehrenden Ruhe beruhigte sich sein Puls etwas.

Doch was er gesehen hatte, ging ihm einfach nicht aus dem Kopf. Michael versuchte, das gerade Geschehene etwas zu sortieren, um es besser zu verstehen. *»Ein Irrer auf jeden Fall. Oder vielleichte hat mir mein Verstand auch nur einen Streich gespielt? Sowas habe ich in meinen zwanzig Dienstjahren noch nicht erlebt.«*

So vor sich hingrübelnd vergingen etwa 2 Stunden, bis die Ärztin Doris Draier zurückkam.

»Was auch immer passiert ist, Ihr Kollege hat Glück gehabt. Um ein Haar wäre seine linke Kopfhälfte fast abgetrennt worden.

Die Ärzte nähen ihn gerade wieder vorsichtig zusammen, die Sehnen und die Hauptschlagader sind intakt, aber diensttauglich ist er mindestens die nächsten acht Wochen nicht mehr. Die OP wird noch länger dauern. Am Besten ist es, Sie gehen nach Hause und ruhen sich etwas aus.«

»Vielleicht hat die Ärztin recht.« Michael erhob sich wortlos, nickte ihr kurz zu und ging nach draußen zu seinem Auto. Tief durchatmend schaltete er die Zündung an und fuhr los.

Es war stockdunkel und es regnete immer noch in strömen. Nach einem kurzen Blick in den Rückspiegel stockte ihm der Atem.

Panisch drehte sich Michael um. Sein Herz raste wie verrückt, als er plötzlich diese leuchtenden weiß-grünen Augen in seiner Heckscheibe sah.

Für einen kurzen Moment schloss er seine Augen.

Als Michael sie wieder öffnete und in den Spiegel sah, waren die leuchtenden Augen verschwunden. Das laute Hupen eines entgegen kommenden Autos veranlasste ihn, wieder nach vorne auf die Straße zu blicken.

Erschrockenen riss er das Lenkrad nach links und wich einem bedrohlich nahekommenden Baum aus. Der Kommissar holte tief Luft und stieß sie laut wieder aus.

Mit klopfendem Herzen kam er zu dem Schluss, dass eine Portion Schlaf jetzt eine sehr gute Idee wäre.

Endlich angekommen, parkte er den Wagen auf seinem Parkplatz, stieg aus und schleppte sich erschöpft die Treppen zu seinem Apartment hoch.

Oben angekommen, wollte er sofort die durchnässten Klamotten ausziehen.

Das gestaltete sich schwieriger als sonst, da sich die Kleidung durch Regen, Schweiß und Dreck schon wie eine zweite Haut an ihn angeschmiegt hatte.

Endlich ausgezogen, ließ Michael das nasse Pack einfach auf den weißen Badfliesen liegen und stieg in die Dusche, um erstmal heiß zu duschen.

Allmählich wärmte sich sein Körper auf und er genoss es, wie das dampfende Wasser gleichmäßig auf seine Haut prasselte. Abgetrocknet und eingehüllt in weite gemütliche Klamotten, fiel Michael erschöpft ins Bett.

Kapitel 3

Cora wachte auf.

Sie fasste sich an den vor Schmerz pochenden Hinterkopf und fühlte dort etwas Klebriges.

Vorsichtig nahm sie ihre Hand wieder vor und betrachtete ihre dunkelroten und blutverschmierten Finger. Sie sah an sich herunter, ihre Arme und Beine waren übersät mit Hämatomen und verschieden langen Kratzern.

Cora sah sich jetzt um. Der Raum war dunkel und die Wände waren etwa drei Meter hoch. Ganz oben in der Mitte entdeckte sie ein kleines Fenster, schales Mondlicht fiel herein.

Der Raum war fast leer, die Wände glatt.

In der rechten Ecke entdeckte sie ein kleines Tablett mit einem Glas Wasser. Doch zum Essen sah sie nichts. Hinter ihrem Rücken war eine in der Mauer eingelassene Uhr, die dumpf tickte.

Sie zeigte Viertel nach elf an.

Cora sah nach oben.

Die Decke war gespickt mit unzähligen großen Nägeln.

Wie ein Nagelbett, das von oben herab hing. Fast unmerklich bewegten sich die Nägel auf Cora zu. Panisch blickten sie zur Decke.

Dann wieder zur Uhr.

Cora verstand.

Kalte Schweißperlen rannen an ihrer Stirn herunter.

Sie sprang auf und rannte zur Tür.

Doch die dicke Eisenkette, die an ihrem linken Bein festgebunden war, reichte nicht so weit, dass sie die Tür erreichen konnte.

Sie erstarrte, als sie sah, wie sie von weiß-grünen Augen durch ein schlitzartiges Sichtfenster beobachtet wurde.

Hoffnungsvoll schrie sie so laut um Hilfe, wie sie nur konnte. Ununterbrochen. Doch die weiß-grünen Augen kamen ihr nicht zur Hilfe, sie starrten sie nur an.

Ein Blick zur Uhr.

Es war Viertel vor zwölf.

Nach einiger Zeit, als sie schon ganz heiser vom Schreien war, verstummte sie einfach und kauerte sich, die Hände um die Knie geschlungen, in eine Ecke.

Leise rollten Tränen über ihre Wangen und tropften auf den schmutzigen Boden hinunter.

Sie konnte nicht mehr atmen, ihr Puls raste.

Cora versuchte, sich zu beruhigen und tief Luft zu holen. Langsam stieß sie ihren Atem, den Blick starr auf die näherkommenden Nägel gerichtet, gleichmäßig wieder aus.

Die Decke war bereits bis auf einen Meter heruntergekommen und sie war gezwungen, sich auf den Rücken zulegen, denn im Sitzen berührte der Kopf schon die Nägel.

Cora faltete die Hände zusammen.

Leise sprach sie ein Gebet. Ihr Letztes.

Die Nägel berührten jetzt fast den Oberkörper.

Ihr Gesicht war zur Seite gelegt und sie blickte noch einmal auf die Uhr.

Es war gleich zwölf Uhr.

Langsam spürte sie, wie die Nägel an Wange und Schläfe darauf warteten, sich endlich in sie hineinfressen zu können. Als die Nägel die ersten Hautstellen aufstachen, schrie sie lauthals auf. Ihr ganzer Körper brannte vor Schmerzen und sie spürte, wie sich die Nägel langsam immer tiefer in sie hineinbohrten. Gleichmäßig begann Blut aus unzähligen Wunden zu fließen, während Cora vor Schmerzen schrie. Die Eisennägel zerstachen das Herz und Schläfe. Die Schreie hatten aufgehört, Cora war bereits ohnmächtig. Aus ihren Augen rann die durchsichtige Augenflüssigkeit, welches nach einiger Zeit in Blut überging. Die Nägel bohrten sich unaufhaltsam weiter.

Das Wasserglas zerbrach in tausend Scherben.

Es war 00:07 Uhr.

Die Decke begann, sich wieder hochzuziehen.

Blutüberströmt wurde Cora mit hochgezogen.

Die Nägel hatten sich so tief in den Körper hineingebohrt, dass sie sich an den Knochen festgefressen hatten.

Aus ihren Überresten tropfte noch das letzte vorhandene Blut herab.

Einige Körperteile lagen abgetrennt am Boden. Einzelne Zehen und ein zerfetztes Ohr waren noch zu erkennen.

Mit einem Satz zogen sich die Nägel gleichzeitig in die Decke ein. Coras Leichnam viel laut zu Boden. In einigen Körperstellen steckten noch Nägel fest, die sich nicht mehr einziehen ließen.

Ein leises Surren war zu hören und der Boden teilte sich in der Mitte. Darunter war ein loderndes Feuer zu sehen, in das der Leichnam hineinfiel.

Es zischte und rauchte, als das Fleisch und Fett gierig von den Flammen verschlungen wurden. Ein fürchterlicher Gestank machte sich in der Luft breit.

Nach kurzer Zeit konnte man nur noch das Knistern des heißen Feuers hören. Die Flammen tanzten fröhlich umher.

Der Rauch und der Gestank suchten sich einen Ausweg aus dem kleinen Fenster.

Draußen drangen die dunklen Rauchschwaden gleichmäßig am Boden ringsherum aus einer Steinsäule heraus.

Irgendwann schloss sich der Boden wieder und das Feuer erstickte. Auch die weiß-grünen Augen waren verschwunden.

Kapitel 4

Am nächsten Tag wachte Michael auf, stieg aus dem Bett und schaltete die Kaffeemaschine an.

Geduldig sah er zu, wie der Kaffee langsam in seine blaue Tasse tropft.

Er griff nach der Tasse und stellte diese dann am Küchentisch ab.

Nach einem schnellen Frühstück ging Michael ins Bad und machte sich frisch.

Er wollte nicht allzu viel Zeit verlieren und gleich ins Krankenhaus fahren, um David zu besuchen.

Michael stürmte die Treppe hinunter, riss die Haustür auf und stieg in den Kombi, den er auf dem Parkplatz schief abgestellt hatte. Auf dem Weg ins Krankenhaus klingelte sein Handy, auf dem Bildschirm erschien sein Chef, Herr Hauptkommissar Kubic.

»Michael, ich hab hier jemanden, der etwas über euren Fall `Cora´ aussagen möchte, er heißt Jerome und ist Förster vom Hammlecher Wald, komm bitte sofort her.«

»Ich bin gleich da«, entgegnete Michael und bog an der Kreuzung mit quietschenden Reifen rechts Richtung Revier ab. Als der muskulöse Polizist kurze Zeit später im Revier ankam, saß der Förster bereits in seinem kleinen, stickigen Büro. Ungeduldig klopfte er mit seinen Fingern auf seinem Knie herum.

Michael trat ein und öffnete das Fenster, um wenigstens ein bisschen den abgestandenen Schweißgeruch loszubekommen.

»Herr Frick, was geht in Ihrem Wald vor? Mein Kollege liegt mit einer schweren Kopfverletzung im Krankenhaus, während ich zum Glück mit einem Schrecken davon gekommen bin. Erzählen Sie mir, was Sie von den Säulen der 7 Schmerzen wissen.

Und ganz nebenbei, was verdammt nochmal hat eine alte verwitterte Frau in der Nacht im Wald zu suchen? Ich will alles wissen, vorher lasse ich Sie nicht gehen!« Michael holte einen Schlüssel aus seiner Jeanstasche und sperrte die Schublade rechts an seinem alten hölzernen Schreibtisch auf. Unwirsch riss er sie auf und holte einen kleinen Block und einen Bleistift hervor, um sich Notizen zu machen.

»Bleiben Sie doch bitte ruhig, denken Sie an Ihren Bluthochdruck, wir sind alle nicht mehr die jüngsten. Der Platz der sieben Säulen ist eine Pilgerstätte für sehr religiöse Leute, die der Jungfrau Maria gewidmet ist. Hinter der Pilgerstätte führen lediglich junge Satanisten ihre abgedrehten Rituale durch. Sie sind aber meines Wissens nach harmlose Jugendliche. Mir ist auch nicht bekannt, dass die jungen Leute gewaltbereit wären und etwas derart heimtückisches im Schilde führen, wie ich es gestern bei ihrem Kollegen gesehen habe ...«

Der Förster überlegte kurz: »Und die Frau, von der Sie erzählten, habe ich noch nie gesehen.«

»Mehr haben Sie nicht dazu zu sagen?«, zischte Michael mit einem nervös rötlichen Gesichtsausdruck.

Der Förster schüttelte den Kopf.

»Hier ist meine Visitenkarte, falls Ihnen doch noch etwas einfällt.«

Michael reichte ihm die Karte und schüttelte ihm zum Abschied die Hand.

Der Förster bedankte sich und ging davon. Michael folgte ihm und sah noch, wie der Förster in seinem schwarzen Jeep geradeaus über die Kreuzung davonbrauste, ehe er nach rechts in die Seitenstraße in Richtung Krankenhaus abbog.

Kapitel 5

Coras beste Freundin, Anja Brecht, hatte es satt, zuhause auf glühenden Kohlen zu sitzen und auf ein Lebenszeichen von Cora zu warten. 4 Wochen sind mittlerweile seit dem Verschwinden vergangen und mit jeder neuen Nachricht, die auf ihrem Handy aufploppte, hoffte sie, es wäre Cora. Jedes Mal aufs Neue wurde sie enttäuscht. Die Polizei hatte ihr gesagt, sie solle ruhig bleiben und daheim warten. Wenn sie etwas von Cora hörte, sollte sie umgehend die extra dafür eingerichtete Notrufnummer wählen und Bescheid geben. Sie stand von ihrem Bett auf, in dem sie eben noch heulend auf dem Bauch gelegen und ihr Gesicht vor Wut und Verzweiflung im Kopfkissen vergraben hatte.

»Wo bist du nur?«, schluchzte sie und schaute aus ihrem Fenster hinaus.

Ihr Hund Strixi sah sie mit erhobenem Kopf beunruhigt an. Sie streichelte ihn kurz und ging dann zu ihrem großen Standspiegel, der rechts im Eck stand, und blickte hinein.

Der blaue Mascara, der sonst ihre grünen Augen betonte, war komplett verlaufen.

Sie drehte sich um und sah zu ihrem weißen Kopfkissen. Ein paar blaue Mascara-Flecken waren eindeutig zu erkennen.

Sie fluchte kurz, wischte ihr Gesicht schnell trocken, nahm ihren Eyeliner, der immer auf dem Schrank neben dem Spiegel lag und zog ihre Augenlider schwarz nach.

Danach griff sie zu ihrem Mascara und tuschte die Wimpern blau. Mit einem kurzen prüfenden Blick war sie wieder mit sich zufrieden. Anja zupfte ihr rotes Top kurz zurecht und zog ihre weißen Turnschuhe an. Im Hinausgehen griff sie noch nach ihrem schwarzen Lederjäckchen, indem auch ihre Hausschlüssel steckten.

»Mum ich bin kurz weg, ich lasse Strixi hier«, rief sie laut.

Ohne auf eine Antwort zu warten, schloss sie die Haustür, verließ die Wohnung und machte sich auf zur Stadtbibliothek. Diese war nur etwa fünfzehn Minuten entfernt und gut zu Fuß zu erreichen. Die ganze Schule redete mittlerweile über diesen Mythos, die sieben Säulen der Schmerzen, die im Hammlecher Wald stehen sollen.

Ein anderes Thema gibt es aktuell auf dem Schulhof nicht. Anja hatte schon viele Horrorgeschichten über diesen Wald gehört. Jede Erzählung gestaltete sich blutrünstiger als die Andere. Mal war von einem wahnsinnigen Werwolf die Rede, ein anderes Mal von dunklen Kreaturen mit zwei Köpfen, die die Menschen bei lebendigem Leib fressen würden.

Der Gedanke daran ließ sie kurz erschaudern.

Sie wollte es genau wissen und hoffte, in der Bibliothek etwas Genaueres zu erfahren.

Mit dem Bus wollte sie nicht fahren, alles daran erinnerte irgendwie an Cora. Das setzte ihr langsam sichtbar zu.

Die sonst so fröhliche Anja konnte kaum mehr was essen, jeder Gedanke, jeder bekannte Ort hier in der Stadt erinnert sie an die schönen Momente mit Cora, die sie zusammen erlebt hatten.

Die Jeanshose passte ihr auch nicht mehr, ständig musste sie kurz innehalten, um sie wieder hochzuziehen.

An der Bibliothek angekommen, griff sie zu der eisernen Klinke und zog die schwere Holztüre auf.

Sie trat ein und blickte sich kurz um.

Nachdem sie die Rubrik Mythen erreicht hatte, lief sie in der linken Reihe das Regal ab und nahm sich bei Buchstabe ´S` ein Buch heraus.

Es war schwarz gebunden und die goldenen Schriftzeichen waren, wegen des angesammelten Staubs, zwischen den Buchstaben kaum noch zu erkennen. Anja blies vorsichtig den Staub weg, nun war die abgeblätterte Goldfarbe besser zu erkennen.

´Die 7 Säulen der Schmerzen` glitzerte ihr entgegen. Die Sieben prangte pompös in der Mitte über das komplette Buch.

Sie sah sich nach einem freien Platz um. Anja erblickte weiter vorne, am dritten Fenster, einen Einzeltisch. Sie nahm auf dem Holzstuhl platz, schlug das rechte über das linke Bein und lehnte sich an den schweren grauen Vorhang, den das Glasfenster von beiden Seiten zierte.

Gespannt öffnete sie das Buch.

Auf der ersten Seite waren sieben Menschen mit übergroßen Schafsköpfen, aus denen je zwei lange Hörner heraus ragten, abgebildet. Die Wesen schienen, um eine Frau herum zu tanzen.

Anja blätterte um.

Die zweite Seite zeigte eine Abbildung mit sechs Medaillons, die gemeinsam einen Kreis bildeten und scheinbar in einer Wand eingelassen waren. Ein größeres, reich verziertes Medaillon mit einem grünen Smaragd stach aus der Mitte hervor.

Darüber waren seltsame Schriftzeichen angebracht, die an einigen Stellen aussahen, als würden sie von der Wand bröckeln.

Auf der nächsten Seite war ein verblichenes schwarz-weißes Bild zu erkennen. Eine Frau hing zentral zwischen zwei Bäumen und war jeweils mit einer Baumkrone an den Handgelenken festgebunden. Darunter stand mit alter verblichener Tinte geschrieben:

VEMEDINC für die
MATRONAE SAITCHAMIAE-
Ratheijae- Schicksalsgöttin

Die nächsten Bilder zeigten, wie die Baumkronen erst nach unten gezogen und dann ruckartig losgelassen wurden. Der Körper der Frau flog fort, während die Arme, die noch an den Bäumen befestigt waren, abgerissen wurden. Dies geschah anscheinend bei vollem Bewusstsein.

Die sieben Schafsköpfe, mit den langen Hörnern, tanzten auf jedem Bild fröhlich mit leuchtenden Fackeln weiter.

Anja las, dass im Jahre 310 n.Chr. der Bau eines Wallfahrtsortes geplant worden war. Zu Ehren der Heiligen Matrone des Schicksals. Ein pompöser Opferaltar, der fast nur aus Gold und Edelsteinen bestand, wurde als Erstes in der Mitte des zukünftigen Wallfahrtsortes aufgestellt.

Jeden Sonntag sollten dort Opferrituale stattfinden, um die Matrone zu ehren und nicht zu erzürnen.

Je mehr Opfergaben erbracht wurden, desto besser sollte es demjenigen ergehen und Wohlstand und Gesundheit erleben bis zum Ende aller Tage.

Auf den nachfolgenden Bildern waren einige Opferschalen abgebildet, prall gefüllt mit verschiedensten Früchten, aber auch Opfertiere, wie ein blutiges Schwein, Schafe oder Hasen waren zu sehen. Das Opferritual musste immer mit einem lauten Bocksgesang abgeschlossen werden. Ein Hüter wurde bestimmt, um diesen Ort für immer zu beschützen.

Als der Bau begann, stellten die Sklaven sieben Säulen auf, die die umliegenden Dörfer symbolisierten. Kaum lesbar stand unter einem Bild »7 Säulen um die 7 Stätten mit Lehm und Gestein zu vereinen«. Die 7 sternförmig aufgestellten Säulen sollten oben am Berg jedes der sieben Dörfer im direkten Umkreis des Hammlecher Waldes mit Glück, Gesundheit und reichlich Feldertrag segnen.

Die Sage erzählte, dass ein Bauer dort heimlich seine jüngere Schwester mit Öl übergossen und bei lebendigem Leibe verbrannt habe. Jedoch nicht als Opfergabe, sondern um zu vertuschen, dass er eine Geliebte hatte.

Das Feuer auf dem Berg blieb natürlich nicht lange unbemerkt. Als sich die Dorfbewohner am Wallfahrtsort versammelten, tanzte der Bauer fröhlich um die noch schreiende und vor Schmerzen windende Schwester herum. Dazu stieß er den bekannten Bocksgesang aus.

Nach der Zeremonie tarnte er das Verbrechen als ihrerseits freiwillig erbrachtes Opfer für die heilige Matrone.

Von nun an erlebten die Dörfer nur noch Unheil und Plagen.

Sie hungerten und viele waren so ausgemergelt, dass sie sich der Gemeinschaft selbst opferten, in der Hoffnung, der Wohlstand und die reichlichen Felderträge kämen baldigst zurück.

Nach 7 Jahren Leid und Hunger stand es so schlimm um die Glaubensgemeinschaft, dass die Dorfältesten beschlossen, die noch vorhandenen Sklaven am Altar zu töten und als Nahrung gerecht unter den Leuten zu verteilen. Trotz dieser verzweifelten und kannibalischen Tat verbesserte sich der Wohlstand der Bewohner zunehmend. Als ein Zeichen der Matrone anerkannt, sollten von nun an alle 7 Jahre 7 Menschen freiwillig geopfert werden, um weitere schreckliche Dinge abzuwenden. Der Hüter der Säulen persönlich muss die Opferzeremonie leiten.

Die Dorfbewohner verfluchten insgeheim ihre einst so geliebte Matrone und der Wallfahrtsort wurde nie komplett zu Ende gebaut. Einzig allein die Säulen und der gerade fertig gebaute Brunnen, sowie das Haus blieben stehen.

Anja schloss das Buch etwas zu schnell, es klappte lauthals zu und sie atmete etwas von dem herumfliegenden Staub ein. Sie rümpfte die Nase und blies schnell etwas Luft aus der Nase, um diesen Modergeruch wieder loszubekommen. Sie hatte genug erfahren. Ein leichter Schauer lief ihr über den Rücken. Sie ging wieder zu dem Gang, aus dem sie das Buch geholt hatte, und steckte es in die einzige noch vorhandene Lücke zurück. Ihr Blick wanderte zu ihrer Uhr am linken Handgelenk, sie zeigte 17:05 Uhr an. Anja musste das alles erst mal sacken lassen. Schneller ging sie wieder zur Eingangstür, stieg die steinernen Treppen hinab und machte sich auf den Rückweg. »*Eigentlich kann ich gleich weiter zur Mitzklause gehen. Meine Freundinnen kommen eh in einer halben Stunde dorthin*«, dachte sie sich. Dort traf sie sich jeden Tag, mit ihren drei Freundinnen. Cora gehörte auch dazu.

Auf dem Weg zu ihren Freundinnen grübelte sie so sehr über das soeben Gelesene nach, dass sie die Welt um sich herum völlig vergaß. Plötzlich stand sie vor der Mitzklause. Das gelbe Schild oberhalb der Tür konnte niemand übersehen, so mächtig und grell leuchteten die Schriftzeichen.

Anja sah in die durch den Regen verschmutzte Scheibe und blickte in die rechte Ecke. Dort hinten, am großen runden Tisch saßen sie alle immer zusammen. Der Tisch war leer, es war noch niemand da.

Anja zog ihr Handy aus der linken hinteren Hosentasche, wählte die für Cora eingerichtete Rufnummer und hoffte, dass jemand abhob.

Michaels Handy schrillte laut auf und vibrierte so stark, dass er erschrocken zusammenzuckte. Er hatte sich gerade auf seine Akten konzentriert, die bereits sehr mächtig zu einigen Türmen aufgebaut waren. Einer davon sah schon richtig schief aus. Nur eine falsche Bewegung oder ein kleiner Luftzug schien schon zu reichen, um sie zum Einstürzen zu bringen.

Michael ging schnell ran.

»Miller«, sagte er gewohnt schroff.

»Michael, ich hab hier ein Mädchen in der Leitung, die vielleicht Infos zum Fall Cora hat, das solltest du dir anhören«, antwortete Frau Graber mit ihrer piepsigen Stimme.

Sie war die Chefin der Notrufeinsatzleitstelle hier in der Stadt.

»Stell sie durch«, antwortete er eilig.

»Hallo, ich hörte Sie haben Infos zum Fall Cora. Wie ist ihr Name?«

»Ja, mein Name ist Anja Brecht. Ich war gerade in der Bibliothek und habe ein altes Buch gelesen, das davon handelt, dass der Hammlecher Wald seit Jahrhunderten verflucht ist«, sagte sie aufgeregt.

»Was, Moment erzählen Sie von vorne, immer der Reihe nach und etwas langsamer.«

»Ich habe das Buch `7 Säulen der Schmerzen´ gelesen. Der Wald dort soll verflucht sein. Alle sieben

Jahre werden sieben Menschen entführt und geopfert. Vielleicht hat das was mit Cora zu tun. Sie müssen sie finden, bevor ihr etwas zustößt! Hören Sie?«

»Immer mit der Ruhe, ich verspreche Ihnen, ich tue alles in meiner Macht stehende, um sie unversehrt wieder nach Hause zu bringen.«

»Bitte finden Sie sie schnell«, schluchzte Anja.

»Danke für den Tipp, das hilft mir vielleicht weiter«, sagte Michael ruhig und legte dann auf.

»Schon wieder so ein Quatsch«, dachte er, *»wie das Gerede der alten Frau im Wald.«*

Michael warf gekonnt eine Akte, die er noch in der linken Hand hielt, auf den ohnehin schon schiefen Turm, öffnete sein Laptop und gab ‘die 7 Säulen der Schmerzen’ in die Suchmaschine ein.

Er war baff, als er Auszüge aus der alten Sage um den Mythos gelesen hatte.

Anja nahm unterdessen die Klinke in die Hand und trat zur Mitzklause ein. In ein paar Minuten kommen die anderen sicher auch. Sie setzte sich an ihren Stammplatz und bestellte einen Mojito. Den braucht sie jetzt erstmal zur Beruhigung.

Kapitel 6

Im Krankenhaus angekommen, ging Michael zur Rezeption um nach der behandelnden Krankenschwester von David zu fragen. Die nette Ärztin Doris kam ihm bereits auf halber Strecke entgegen.

»Sie wollen bestimmt zu ihrem Kollegen? Es tut mir leid, aber das ist gerade nicht möglich, eigentlich darf ich Ihnen keine Infos geben, da Sie ja nicht zur Familie gehören.« Sie sah sich kurz um, sprach dann etwas leiser weiter: »Der Arzt musste ihn in ein künstliches Koma versetzen, da sich sein Zustand drastisch verschlechtert hat. In der letzten Nacht haben die verletzten Arterien bei ihm einen Anfall ausgelöst und er liegt derzeit auf der Intensivstation. Mehr kann ich Ihnen aber wirklich nicht mitteilen, ich habe eh schon zu viel erzählt. Nur Familienangehörige dürfen ihn derzeit besuchen.«

»Großer Gott, das ist ja entsetzlich, ich kann ihn nicht mal sehen?« Pures Entsetzen stand Michael ins Gesicht geschrieben.

»Bedaure, er braucht jetzt Ruhe, um sich wieder zu erholen. In ein paar Tagen wissen wir mehr.«

Als Anja um 23:00 Uhr noch immer nicht daheim war, machten sich ihre Eltern langsam Sorgen. Es kam auch keine Rückmeldung auf die mittlerweile unzähligen Nachrichten, die ihr ihre Mutter schon geschrieben hatte. Sie rief bei all ihren Freundinnen an und fragte nach, ob sie wissen, wo Anja sei.

Mia, berichtete schließlich, dass sie zusammen die Mitzklause um circa 22:00 Uhr verlassen hatten und jeder dann alleine weiter nach Hause gegangen sei, da sie ja in unterschiedlichen Ortsteilen wohnten.

Völlig aufgelöst rief die Mutter die Polizei an und erzählte, dass sie Anja bereits seit Stunden vermissten. Aufgrund der jüngsten Ereignisse nahm die Polizei den Anruf sehr ernst. Als die Streife an Anjas Haus ankam, sahen sie eine ihnen bekannte schneeweiße Puppe vor der Haustüre lehnen. Sie hatte eine Spritze in der Hand und lächelte. Sofort riefen die Polizisten die Leitstelle an, um Verstärkung anzufordern.

Diesmal dürfen sie keine wertvolle Zeit verlieren ...

Anja wachte auf. Der eiskalte Boden ließ sie am gesamten Körper frösteln.

Völlig benommen und mit einem leicht vernebelten Blick kam sie zu sich, setzte sich auf und sah an sich herunter. Die Beine und die Handgelenke waren mit einem dicken Bambusseil so stark festgebunden, dass sie merklich in das Fleisch einschnitten. Ihre Handgelenke brannten bereits leicht.

»Wie lange war ich weggetreten? Wo bin ich? Wer ... was ... war das? Und Warum?«

Sie drehte sich um und sah, dass der ganze Raum mit Einkerbungen übersät war. Mit verbundenen Händen strich sie mit den Fingern über die kleinen Rillen. Es fühlte sich nach Stein an.

Sie hörte, wie sich jemand am Schloss zu schaffen machte. Mit einem ohrenbetäubenden Quietschen öffnete sich die Tür.

Herein trat eine merkwürdige Gestalt, die einen abartigen Gestank verbreitete.

Anja wurde sofort übel. Die Magensäure, die ihr hochkam, schmeckte sauer und mit einem Satz schluckte sie es gleich wieder herunter. Ihr stockte kurz der Atem. Das Adrenalin verbreitete sich überall, als würden unzählige Ameisen sich wie auf einer Autobahn im Inneren des Körpers ein Wettrennen liefern.

Sie sah, wie die Gestalt, langsam vor Freude glucksend und mit einem Messer in der Hand, sich ihr näherte. Die Klinge blitzte gefährlich in dem nur vage hereinscheinenden Mondlicht. Der Mann, oder was auch immer die Gestalt darstellen sollte, trug eine alte, verschmutzte Lederschürze, die bereits etwas löchrig war. Das Gesicht war halb mit einer grauen Maske bedeckt. Das sichtbare Auge leuchtete leicht grün. Ein giftgrüner Umhang mit Kapuze hing bis zum Boden herab.

Er stellte sich vor dem Mädchen auf und sie sah, wie grau und fahl seine Haut wirkte. Mit seiner freien Hand führte die Kreatur den linken Zeigefinger an seinen Mund und gab Anja damit zu verstehen, still zu sein.

Anja war starr vor Angst und unfähig sich zu bewegen, geschweige denn zu schreien.

Die freie Hand fasste nun grob ihre Handgelenke und zog sie mit einem Satz aufrecht hoch. Gleichzeitig warf er den Umhang etwas zur Seite, um seine Klinge wieder in den dafür vorgesehenen Messerhalter zustecken.

»Nein, bitte tun sie mir nichts an«, flehte Anja leise.

Die Kreatur fasste leicht seitlich gebückt in die rechte Tasche seiner Lederschürze und zog eine Spritze und ein kleines Fläschen mit einer klaren Flüssigkeit heraus, die nur etwa zur Hälfte gefüllt war. Er steckte die Spritze etwas in das Fläschen und zog es langsam genüsslich auf.

Mit leichtem Druck presste er die letzte Luft aus der Spritze heraus. Als er zufrieden war, sah er Anja kurz an, lachte lauthals mit einer rauen, dunklen Stimme und jagte ihr die Spritze ohne jede Vorwarnung in den Hals. Er ließ Anja zurück auf den Boden fallen und lief zur gegenüberliegenden Ecke. Dort hob er etwas auf. Anja erkannte ihr Handy, welches nun blinkend auf sie gerichtet war.

»Was hat er mir da nur verabreicht?«

Durch das verabreichte Serum spürte Anja nicht, dass ihr nicht nur etwas instilliert, sondern auch etwas entnommen wurde. Eine bestimmte Stelle oberhalb des Nackens war nicht durch Schädelknochen geschützt und die weichste Stelle des Hinterkopfes. Dort hatte er eine weitere Spritze angesetzt und ihr das Gehirnwasser fast gänzlich entnommen.

Anja kauerte regungslos auf dem Boden, geschockt von dem geraden Erlebten.

Sie spürte, dass sich irgendwie ein seltsames, warmes Gefühl breitmachte. Erst jetzt bemerkte sie, dass es ihr ausscheidender Urin war. Jedoch machte ihr das irgendwie nichts aus.

Bei dem Versuch aufzustehen, versagten ihre Beine. Sie knickten sofort um und die Knie schlugen hart auf dem Boden ein. Beim Erproben zu sprechen, kamen nur Wortfetzen heraus, die sich anhörten, als würde ein Säugling wild vor sich hin brabbeln.

»Was passiert mit mir?«

Anja verstand einfach nicht, was hier geschah.

Sämtliche Muskeln begannen nun nach und nach unkontrolliert in alle Richtungen zu zucken.

Sie sah hinauf zur Decke, die plötzlich zu bröckeln begann.

Unzählige Steine fielen auf den Boden nieder. Unfähig sich zu bewegen, sah sie, wie jeder Stein der am Boden zerbrach, eine schwarze Spinne zum Leben erweckte. Fröhlich und schnell bewegten sie sich auf ihren pelzigen Beinchen. In dem Raum wuselte es nun schon überall und sie begannen sich über Anjas Körper herzumachen. Mit ihren Vorderbeinen hielten sie sich an ihrer Haut fest, um dann mit ihren kleinen spitzen Schneidezähnen erst etwas Schwarte, dann gierig Fleisch herauszureißen.

Unfähig sich zu bewegen, schrie Anja lauthals vor Schmerzen.

»Weg von mir ihr Viecher!«, versuchte Anja zu schreien. Heraus brachte sie jedoch nur ein leises Krächzen.

Mit den Armen wollte sie irgendwie versuchen, sie zu verscheuchen, doch sie konnte sich nicht mehr rühren.

Sie war wie gelähmt.

Anja sah zu ihrem bereits leblosen Leib hinunter und beobachtete das Geschehen. Immer mehr Spinnen machten sich über ihre Gestalt her.

Außer dem großen schwarzen Gewusel und das mit einigen Abständen etwas umherspritzende Blut, war nicht mehr viel von dem Körper zu sehen.

Anja winkte zum Abschied ihrem Rumpf entgegen und sie spürte, wie langsam eine Träne ihre Wange hinunter rollte.

Noch immer fielen Steine von der Decke herab.

Dann wurde es abrupt still.

Ihr Herz hatte aufgehört zu schlagen.

Die geöffneten Augen färbten sich leicht gelblich und wurden trüb.

Der Körper war unversehrt.

Die Kreatur stoppte die Aufnahme und steckte das Handy ein. Zügig ging es zur Tür hinaus und sperrte ab. Gleich gegenüber ging er in ein anderes Zimmer, um das entnommene Gehirnwasser aus der Spritze langsam in einen Becher umzufüllen. Er lies die leere Spritze auf den Tisch fallen und nahm das Glas mit dem Liquor in seine Hand. Er führte es zu seiner Nase, schwenkte es gleichmäßig umher und roch genüsslich einige Minuten daran.

Gierig schütte er es dann mit einem Schluck, in sich hinein. Sofort hörten seine leichten Zuckungen, die ihn schon die ganze Zeit quälten, am Gesicht, an beiden Händen und an den Schultern auf. Der Körper schien ruhig gestellt worden zu sein.

Kapitel 7

Michael erreichten die desaströsen Nachrichten, nur wenige Minuten nach dem Anja als vermisst gemeldet wurde. »Das kann doch einfach nicht war sein, ich muss den Übeltäter schnell finden, ehe noch mehr Menschen zu schaden kommen. Doch wo soll ich als Nächstes ansetzen?«, grübelte er.

Nach reichlicher Überlegung kam er zu dem Schluss, den Förster aufzusuchen. Michael wollte mit den erwähnten jugendlichen gläubigen sprechen. Nachdem er dem Förster Bescheid gegeben hatte, dass er in einer Stunde bei ihm vorbeikommen würde, fuhr Michael los.

Als sein Handy wieder aufpiepste, las er endlich einmal gute Nachrichten.

»*Hallo Michael. Ich werde voraussichtlich übermorgen, nach langen Wochen im Krankenhaus, endlich entlassen. Ich freu mich total meinen Sammy wieder zu sehen.*« Michael musste schmunzeln. Sammy war Davids über alles geliebter Schäferhund. Dieser hat David, aufgrund der Infektionsgefahr, ebenfalls nicht besuchen dürfen.

David hatte alles, was man sich Wünschen kann. Ein schickes Haus mit reichlich Garten, indem schon etliche legendäre Grillfeste gefeiert wurden. Eine nette Ehefrau, einen Sohn und natürlich Sammy. Er war stolz auf seinen Kollegen.

Michael beneidet ihn oft deswegen. Er selbst war eher ein Einzelgänger, der nach der Arbeit nur ins Fitnessstudio und dann nach Hause ins Bett ging.

»Ich hätte gar keine Zeit für Familie«, sagte er zu sich, »ich bin schon mit meiner Arbeit verheiratet.«

Nun stand Michael von seinem vor Erleichterung laut quietschenden Schreibtischstuhl auf, zog seine schwarze Lederjacke an, die sich eng um seine Haut schmiegte und machte sich auf den Weg hinaus zu seinem Auto.

Diesmal nahm er den großen Feldweg in den Wald hinein, den ihm der Förster ausführlich erklärt hatte. Nach einer kurzen Fahrt durch den düsteren Wald erblickte er ein altes Blockhaus, parkte etwas am Rand, stellte den Motor ab, und stieg aus.

Zügig ging er die paar Meter zu dem Haus und klopfte dreimal stark gegen die Tür.

Nach einer kurzen Weile ging die schwere Holztür auf und der Förster trat heraus. In der linken Hand hielt er eine alte Schrotflinte, deren zwei stählernen Läufe Richtung Boden zeigten.

»Keine Sorge, die nehme ich immer mit, sobald ich das Haus verlasse. Man kann nie wissen, welchen Tieren man hier über den Weg läuft. Mich haben schon Bären, Füchse, Wölfe und Waschbären aus ihrem Revier vertreiben wollen.«

»Gut, gehen wir, führen Sie mich zu der Gruppe«, befahl Michael.

Der Förster ging voraus, Michael hinterher. Immer nach einigen Metern blickte sich Michael kurz um, nur um sicherzugehen. Ihm war etwas flau im Magen und mulmig zumute.

Nach einiger Zeit und reichlich Fußmarsch hörten sie Stimmen. Der Förster schob mit seinem rechten Arm einen grünen Brombeerstrauch zur Seite und Michael blieb erstaunt stehen.

Er sah, wie etwa ein Dutzend Leute, zu einer Traube formatiert, mit düsteren Stimmen ein Lied summten. Regelmäßig war ein Aufschrei zu hören, welcher wohl von dem Kapuzenmann in der Mitte kam, der sich ständig im Kreis drehte.

»Hey Förster!« Einer der Männer erkannte den Förster und abrupt verstummte der gesummte Gesang. Alle Anwesenden drehten sich um. Auch der Mann mit der Kapuze hörte sofort mit seinem Herumgetanze auf.

»Wer ist der andere?«, fragte ein hagerer, bleicher Jugendlicher mit Unmengen Akne im Gesicht.

»Ich bin Kommissar Miller und möchte wissen, was hier vor sich geht!«

»Ich bin der Priester Paranolus und das sind meine Anhänger«, antwortete der kleine Dicke, der in der Mitte tanzend komische Schreie von sich gegeben hatte.

»Aha, und was soll das Ganze hier? Seid ihr eine Sekte oder sowas?«, fragte Michael ungläubig und sah sich jetzt jeden genauer an. Priester Paranolus hatte eine rote Hose und einen Samtumhang an, der ihm bis zur Wade herunterfiel. Der Rest von der Sippe trug braune, verfilzte Umhänge mit Kapuze, die sich jeder übergezogen hatte. Darunter waren sie normal mit Jeans und Pulli gekleidet.

»Wir beten hier regelmäßig Hamur den Gott an, damit er die schlechten Menschen bestraft und uns unsere Sünden vergibt. Als Dank geben wir ein kleines Blutopfer.« Der Priester holte seine Arme hervor, die der weite Umhang verdeckt hatte. Michael sah, wie etliche Schnittwunden, einige vernarbt, mehrere frisch, beide Arme zierten.

»Einmal im Monat opfern wir ein Wildschwein, das uns der Förster freundlicherweise jagt.«

Michael sah zum Förster. Dieser zuckte mit den Schultern. »Ich sagte Ihnen doch schon, die sind harmlos. Sie treffen sich jeden Tag im Wald und machen ihr Ding, da ist doch nichts dabei.«

Noch immer ungläubig zum Förster blickend, fragte Michael, ob sie schon mal eine komische Kreatur gesehen haben, die hier im Wald ihr Unwesen treibt.

Der Priester winkte ab. »Wir beten Hamur an, um uns von allem zu verschonen. Zu uns kommen keine Kreaturen, wir sind sicher«, predigte er laut eher in Richtung seiner Jünger, als zu Michael.

»Ich bin auf der Suche nach einem vermissten Mädchen, habt ihr irgendwas Verdächtiges gesehen oder gehört?« Gleichzeitig hielt er das Fahndungsfoto von Cora hoch.

»Nein, haben wir nicht«, antwortete er und blickte fragend in die Runde. Die gesamte Gruppe schüttelte den Kopf.

»Dann macht mal weiter mit eurem .... Zeug«, sagte Michael, drehte sich um und machte dem Förster mit einer wischenden Handbewegung klar, dass er hier fertig war.

»Bis bald Jungs!«, rief der Förster und machte sich zusammen mit dem Kommissar auf den Rückweg.

Im Gänsemarsch ging Michael dem Förster hinterher.

Auf einmal schoss etwas aus dem dichten Gebüsch und sprang Michael an.

Vor Schreck zuckte dieser zusammen und prallte gegen den Förster. Beide wurden zu Boden gerissen. Sofort schoss Adrenalin durch Michaels Venen, als er direkt in das ihm bekannte weiße Auge starrte.

Michael reagierte schnell. Er rollte die Kreatur zur Seite und griff gleichzeitig nach seiner Dienstwaffe G. K. 300.

Durch einen Schlag auf das Handgelenk entglitt ihm die Waffe jedoch wieder. In dem kurzen Augenblick, als er die Waffe fallen sah, spürte er einen wuchtigen Einschlag gegen seine linke Wange. Die Nase knackte laut und sofort lief Blut heraus. Vor Schmerzen hielt er sich kurz die Nase, um dann in den Angriff überzugehen. Er packte das Etwas, wer oder was das auch war, mit beiden Händen um den Hals und drückte fest zu. Der aufsteigende Gestank der Kreatur war übelerregend. Viele Fliegen schwirrten um die Gestalt herum. Die Haut fühlte sich glitschig, alt und ledrig an. »*Wie Schlangenhaut*«, dachte Michael.

»Helfen Sie mir doch!«, schrie Michael.

Der Förster hob seine Schrotflinte an und zielte. Doch durch den Kampf zwischen den beiden bewegten sie sich zu viel und der Förster traute sich nicht, abzudrücken.

»Na los, nun tun sie doch endlich was!«, keuchte Michael mit einem schmerzverzerrten Blick, als das Monster ihm gerade mehrmals in die Leber schlug. Er sackte vor Schmerz kurz ein und lies den Hals los. Michael stand nun mit dem Rücken zur Kreatur, die ihm jetzt den Hals fest zudrückte. Sie keuchte jauchzend und schien Freude daran zu haben. Es zeigte keine Anzeichen von Ermüdung durch den Kampf.

Ein lauter Knall ertönte.

Die unzähligen Kugeln der Schrotflinte zerschmetterten Michaels rechtes Knie. Die Knochensplitter und Blut spritzten in alle Richtungen umher. Vor Schmerzen benommen und völlig geschockt, als sein rechtes Bein einfach so wegsackte, lag er auf der Seite am Boden. Die Kreatur spuckte ein Knochenfragment aus.

Das Gesicht voller Blutspritzer lief es schnell zum Förster, holte aus und schlug mit flacher Hand direkt auf seine linke Halsseite. Dabei verfehlte es die Halsschlagader nur knapp. Es reichte jedoch, um den Förster kurz außer Gefecht zu setzen.

Das Monster blickte wieder zum Kommissar, gluckste freudig, nahm das noch intakte Bein des Kommissars und zog ihn daran fort. Michael schrie vor Schmerzen. Die Kreatur stoppte kurz, um ihm mehrmals auf sein Gesicht ein zu schlagen, so lange, bis er bewusstlos war.

Viel war nicht mehr von Michaels Gesicht erkennbar, einige Platzwunden schwollen merklich an und
seine Nase machte einen offensichtlich schmerzlichen
Knick nach links.

Der Förster blieb mit erschrockenem Gesicht und etwas benommen zurück. Schnell fasste er sich wieder, öffnete den braunen hölzernen Knopf an seiner Jacke und wischte sich gleichzeitig mit der anderen Hand über seine Stirn, um den eiskalten Schweiß abzuwischen, der sich bereits in seinen Augen sammelte und ein höllisches Brennen erzeugte.

Er nahm 2 weitere 7mm Hülsen heraus und steckte sie mit zitternden Händen in seine Schrotflinte, um erneut auf das Monster zu schießen. Es klackte laut, als die Flinte nachgeladen und schussbereit war. Doch als er endlich bereit zum Zielen und Abdrücken war, war das Monster bereits durch das dicke Buschwerk geflohen. Nur riesige Fußabdrücke blieben zurück.

»Mindestens Größe 62«, murmelte der Förster entsetzt.

Voller Erschöpfung sackte er auf einen großen Stein zusammen, der von Gräsern und Brennnesseln umgeben war. Er legte das Gewehr auf den Waldboden und bedeckte seinen Kopf mit seinen Handflächen.

»Großer Gott was hab ich getan?«, schluchzte er,

»das wird der Polizist nicht überleben. Wieso nur hab ich sein Bein getroffen? Ich bin doch sonst nicht so nervös beim Schießen. Bin ich schuld an seinem Tod?

Nein! Daran darf ich nicht denken, aber was soll ich jetzt nur tun?«

Der Förster blickte in Richtung der Stelle, an der er Michael angeschossen hatte.

Eine riesige Blutlache, in der Knochenteile des Knies, sowie Teile des unteren Beines lagen, sickerte in den Waldboden. Daneben die leeren Hülsen. Weiter rechts erkannte er die Schleifspuren von Michaels leblosen Körper. Dem Förster wurde es bei diesem Anblick flau im Magen und kurz darauf musste er sich übergeben.

Er röchelte und keuchte, als sich die hellbraune Magensuppe samt Essenreste aus seinem Mund über seinen Schoß ergoss und von dort auf den Boden tropfte. Ein ekelhaft, säuerlicher Geruch stieg ihm in die Nase. Er sammelte schnell ein paar Blätter und Gräser vom Boden, um zumindest seine Hose und Schuhe von seinem Erbrochenen zu befreien.

»So eine Sauerei!«, schimpfte er und bemerkte den Schatten nicht, der sich hinter ihm langsam auftürmte.

Eine Hand legte sich auf die Schultern des Försters und dieser erschrak mit einem lauten Schrei. Er drehte sich um und blickte in das freundlich dreinguckende Gesicht des alten Priesters.

»Ich habe einen Schuss gehört, ist alles in Ordnung mit Ihnen? Sind Sie verletzt?«, erkundigte sich der Priester besorgt.

»Priester Paranolus, Ihr seid das«, stammelte der Förster erleichtert, »es geht mir gut, a-a-a-aber.... e-e-er ist z-z-urück. Ich habe auf ihn geschossen, habe ihn aber verfehlt und stattdessen diesen Polizisten getroffen, der hier schon seit einigen Tagen herumschnüffelt. Er hat ihn mitgenommen!«

»Er ist zurück? Dieser Psycho mordet und foltert wieder? Bei Hamur! Es ist wahr! Alle 7 Jahre! Das Buch hatte also Recht!«

»Das Buch?«, fragte der Förster verdutzt.

»Ja Sie haben richtig gehört. Das Buch ist hunderte von Jahre alt und nennt sich ´die 7 Säulen der Schmerzen´. Darin stehen Schriften geschrieben über das sogenannte `Monster, das sein Unwesen treibt` und wie das Monster zu bändigen ist.«

»Die 7 Säulen der Schmerzen, davon habe ich gehört, aber was haben die mit dem Monster zu tun? Die Säulen dienen doch lediglich Pilgern dazu, die Jungfrau Maria anzubeten und die 7 Sklaven, die damals dort geopfert wurden, den nötigen Respekt zu zollen und dafür zu beten, dass die Geister der armen Seelen schnell zur Ruhe kommen können. Jeden Sommer kommen unzählige Touristen, um diesen Ort anzusehen, dort zu verweilen und zu beten.« Überrascht sah der Förster den Priester an und wartete darauf, dass Paranolus weiterredete.

»Das ist nur die halbe Geschichte! Das Problem ist, dass das Buch vor langer Zeit von dem Monster gestohlen wurde. Keine Ahnung ob er es für seine Sammlung brauchte, oder ob er es verstecken wollte. Ich besitze zwar eine Ausführung des Buches, es fehlen jedoch sehr viele Seiten darin. Scheinbar wurden sie herausgerissen. Wenn das Buch nicht vollständig ist, weil wichtige Inhalte fehlen, ist es wertlos.«

Nach einer kurzen Pause, in der der Förster über das Buch nachgrübelte, forderte der Priester ihn auf, mit ihm mitzugehen. »Für Ihren Freund können wir im Moment nichts tun.«

»Das ist nicht mein Freund!«, zischte der Förster, »er ist Polizist und ich wollte ihm lediglich bei seinem Fall helfen.«

»Wie dem auch sei«, grinste der Priester ihn mit seinen dunkelgelben Zähnen an.

Der Förster erschauderte leicht bei dem Anblick. Währenddessen zogen erneut über dem Wald dicke schwarze Wolken auf, die ein Unwetter vorhersagten. Kurz darauf begann es auch schon in Strömen zu regnen und zu gewittern. Der Wind blies den beiden über die Köpfe hinweg. Blitze erhellten den Wald und in der Ferne hörte man, wie große Rotwildherden panisch vor Angst das Weite suchten.

»Es wird Zeit zu gehen, der Herr möchte nicht, dass wir hier draußen noch länger in diesem Wald verweilen. Ich lade Sie zu einem Abendessen in meiner Kapelle ein.«

»Von mir aus«, erwiderte der Förster und schaute nach oben, in die schwarze Wolkendecke, »wir sollten uns aber beeilen, das Gewitter nimmt stark zu.«

Der Priester nickte ihm zu und grinste frech. Der Förster bemerkte dies nicht, da das Gesicht im Schatten der Kapuze verborgen war. Dem Förster war nicht bewusst, worauf er sich da ein lies.

Die beiden sputeten einen schmalen vermatschten Waldweg entlang, an dem am Rand mehrere abgeholzte Baumstämme in dafür vorgesehene

Halterungen gestapelt waren. Noch in der Ferne hörte man einen Specht, der gerade mit seinem Schnabel Löcher in die Rinde klopfte, um Insekten dort herauszupicken. Große Fichtennadelbäume warfen unheimliche Schatten auf den unebenen in Pfützen getränkten Boden.

»Ich bin bereits völlig durchnässt! Wie weit ist es noch? Es wird ja schon langsam dunkel«, beklagte sich der Förster und zog eine braune LED Taschenlampe aus seiner nassen Jackentasche heraus und schaltete sie ein.

Sie warf gut 4 Meter vor ihnen ein helles Licht auf den Boden, so konnten sie wenigstens noch ein bisschen sehen, wo sie hintraten.

»Sehen Sie den Hügel da vorn? Dahinter führt ein Weg nach unten, wir sind fast......«

Plötzlich knackte es laut rechts neben ihnen zwischen den Bäumen im Dunkelnden ...

»RUHE!!!«, zischte der Förster. Sie blieben abrupt stehen.

»Was ist denn?«, flüsterte der Priester.

»Ich hab ein Knacken gehört ganz nah bei uns.«

»Das muss ein Tier gewesen sein«, beruhigte der Priester ihn.

»SEIEN SIE DOCH BITTE STILL!!!«, fuhr der Förster ihn an und leuchtete zwischen die Bäume. Der Schweiß mischte sich mit dem Regen, der auf seine Stirn prasselte und lief ihm das Gesicht herunter.

»Nicht schon wieder. Nehmen Sie die Taschenlampe und leuchten Sie dorthin«, flüsterte der Förster und zog seine Schrotflinte erneut.

»Ich kann nichts erkennen«, stammelte der Priester ängstlich und blickte misstrauisch zwischen die Bäume.

Ein grausam langgezogener und schmerzerfüllter Schrei einer armen Frau ließ den beiden das Blut in den Adern gefrieren.

»Herr im Himmel, Hamur im All«, schrie der Priester, schloss seine Augen und klopfte ein eigenartiges umgekehrtes Kruzifix mit seiner Hand auf seine Brust. Der Förster erstarrte, als eine Silhouette einer Frau langsam auf ihn zu kam. Sie hatte schwarze Haare, ein beiges zerrissenes Kleid und keine Schuhe.

Ihr Kopf hing leicht zur Seite und ihr bleiches Gesicht war entsetzlich entstellten und verkratzt. Tiefschwarze Augen, die keine Pupille in sich trugen, starrten sie an.

Ihr grauenerregendes Lachen hörte sich an, als würden 20 Frauen gleichzeitig kichern. Sie humpelte mit ihrem linken Bein, aus dessen Knie Eiter hervorquoll. Das andere, welches nur noch ein abgesägter Knochen war, zog sie hinter sich her. So etwas hatte der Förster noch nie gesehen. *Ist das ein Geist?*«, fragte er sich.

Der Priester war durch den Anblick wie gelähmt. Seine Hand fühlte sich taub an. Keine Kraft mehr in sich, entglitt ihm die Taschenlampe. Sie fiel auf den Boden und rollte den 5 Meter tiefen Abhang hinter ihnen hinunter. Mit einem lauten Knall zersprang die Lampe auf dem steinernen Pfad, der am Fuß des Berges entlanglief.

Dunkelheit… Stille…

Der Förster zitterte am ganzen Körper. Das Blut sprudelte ihm in den Kopf. Gänsehaut machte sich überall breit. Sein Atem blieb vor Angst stehen und er merkte, wie sein Herz immer schneller und lauter pochte. Unfähig etwas zu erkennen oder sich zu bewegen, ließ er die Flinte fallen. Panik machte sich bei beiden breit.

Die Silhouette aber bewegte sich weiter auf sie zu und grinste mit einem blutigen Mund dem Priester entgegen. Dieser packte das Kreuz, das um seinen Hals an einer goldenen Kette eingehängt war, mit beiden Händen und riss es von seinem Körper. Er streckte das Kreuz der Frau entgegen und schrie mit zitternder Hand: »Zurück mit dir du Dämon der Hölle, verlasse diesen Körper in Gnade, von Hamur unserem Allmächtigen Herrn.«

Dies wiederholte er einige Male.

Die Frau verengte ihre Augen zu schmalen Schlitzen und zeigte mit einem gebrochenen Zeigefinger, der keinen Fingernagel mehr besaß, auf ihn. Paranolus lief kreidebleich an.

Vor Schmerzen und Leid in ihrem Körper schrie die Frau auf und bewegte sich nun sehr schnell auf den Förster zu. Sie versuchte, nach ihm zu greifen. Nach dem dritten Versuch erwischte sie ihn an der Schulter und blickte ihm grinsend tief in die Augen. Er fühlte die kalte raue Hand der Frau an seiner Haut und ein Schauer lief ihm sofort über den Rücken. Sie stank nach vermoderten, alten Kleidungsstücken und einem fauligen Geruch, den er nicht einordnen konnte. Aus ihrem zerrissenen vernarbten Mund, der verrottete

Zähne beherbergte, floss das Blut auf ihr weißes Kleidchen. Ihre Hand hinterließ einen blutigen Handabdruck auf seiner Jacke.

Sie blickte kurz zum Priester, der seinen Gebeten immer noch Stimmen verlieh und sprach einen seltsamen Satz, den man nicht auf Anhieb verstehen konnte.

»S-Stört Frieden Schwestern werden im Wald verlorene Seelen.«

Sie verschwand urplötzlich vor ihren Augen. Als hätte sie sich in Luft aufgelöst. »Was war das? Was passiert hier nur? Es wird immer verrückter!«, stellte der Förster fest und versuchte gleichzeitig den blutigen Handabdruck an seiner Jacke mit einem schmutzigen Taschentuch, das er in seiner Jackentasche fand, abzuwischen. Er spuckte hinein, doch es half nichts, je mehr er daran herum rieb, umso stärker trocknete das Blut in den Stoff.

»Ein Gruß aus der Hölle so zu sagen«, kicherte Paranolus.

»Das finde ich überhaupt nicht lustig!«, murrte der Förster besorgt.

»Nein«, fügte Paranolus entschuldigend hinzu, »dies war wohl eine der Jungfrauen, die hier gefoltert und ermordet wurden. Sie wollte uns warnen, aber wo vor nur? Vor dem Monster? Was müssen die armen Frauen für Schmerzen erlitten haben, ihre Beine waren aufgeweicht, eitrig und voller Blut. Von ihrem Gesicht mal ganz abgesehen«. Die Augen des Priesters waren immer noch weit aufgerissen, von dem gerade Erlebten.

»Schrecklich, was auch immer das war. Können wir nicht endlich von hier verschwinden? Hier ist es unheimlicher als nachts alleine auf dem Friedhof!«, drängte der Förster als er seine Schrotflinte aufhob. Sie machten sich zügig auf den Weg in die Kapelle.

»Wir sind da«, sagte Paranolus freudig.

»Endlich, ich dachte schon, dass wir überhaupt nicht mehr ankommen«, meinte der Förster. Sie standen vor einem großen stählernen und leicht rostigen schwarzen Tor, in dem mehrere Stäbe verbogen waren.

Der Priester griff in seine Kuttentasche und holte einen großen bronzefarbenen Schlüssel heraus, den er in das Schloss steckte.

Das Schloss war mit einer Engelsfigur geschmückt, die wohl an den Engel Gabriel erinnern sollte. Der Priester drehte den Schlüssel zweimal nach rechts und das Tor öffnete sich mit einem lauten Quietschen.

»Hereinspaziert«, forderte Paranolus den Förster auf. Er trat ein und stand in einem riesigen Garten. Das Gras wucherte und reichte den beiden bis zu ihren Schienbeinen hinauf.

Der Förster blickte nach oben und sah einen großen, steinernen, weißen Glockenturm, der auf einem steinigen Hügel stand und stark an ein »A« erinnerte. Rechts an der Wand führte eine Wendeltreppe aus Edelstahl hinauf zu den goldenen Glocken.

»Die Glocken sind gigantisch«, stellte der Förster erstaunt fest.

»Ja, sie wurden im zwölften Jahrhundert von dem Schmiedekünstler `Von Edeltraut´ aus Bronze gegossen und mit echtem Gold überzogen.«

»Ist die Kirche auch so alt wie die Glocken?«, wandte der Förster sich interessiert zum Priester.

»Nein, die Kirche wurde erst im fünfzehnten Jahrhundert erbaut, aber 1914 durch einen Brand in Schutt und Asche gelegt. Erst 30 Jahre später haben die Priester Malkos Narboch und Maximel Helkxter sie neu errichtet. Bis heute ist nicht bekannt, ob es ein Unglücksfall war, oder ob weitaus mehr dahintersteckte. Folgen Sie mir.«

Der Förster folgte dem Priester auf Schritt und Tritt. Sie betraten eine Art Viadukt, der den großen Garten in der Mitte trennte. Auf der linken Seite könnte der Förster mehrere mit Ölfarben gezeichnete Bilder an der Wand erkennen, die die Geschichte von Jesus erzählten, begonnen vom ersten Abendmahl bis hin zur Kreuzigung. Dazwischen stand in großen Buchstaben `Hamur wacht´ geschrieben.

»Was ist Hamur?«, fragte der Förster.

»Hamur ist für uns der Herrscher des Universums und seine zurückliegenden Taten beeinflussen maßgeblich das heutige Leben auf der Erde. Hamur ist Teil unseres Glaubens.«

»Welchem Glauben gehört ihr an?«

»Wir sind Hamuraner. Wir glauben auch an einen Gott und geben Gottesdienste.«

»Interessant«, murmelte der Förster, als zwei Männer in einer schwarz gekleideten Robe an ihnen vorbeiliefen. Die Gesichter waren tief in der Kapuze versteckt und zum Boden geneigt. Er sah, dass jeder von ihnen eine goldene runde Halskette trug, in der ein kleines braunes Holzkreuz eingeschnitzt war. In der Mitte leuchtete ein kleines H, welches mit einem blauen Saphir verziert war.

Sie grüßten den Förster höflich im Vorbeigehen, blieben dann stehen und verbeugten sich vor dem Priester und blickten dabei kurz in seine braunen Augen.

»Heil dir, oh Hamur«, riefen sie laut.

Paranolus erwiderte ihre Blicke und nickte nur zurück. Er gab ihnen ein Zeichen mit der Hand sich zu erheben. Sie folgten dem Aufruf und gingen davon. Der Förster sah ihnen nach. Die beiden kamen ihm komisch vor, sie hatten alle beide ein sichelförmiges Messer an ihrem Gürtel hängen und sie hatten ein Lodern in ihren Augen als sie »Heil Hamur« sagten.

»Sind das auch Gläubige, wie jene im Wald am Altar?«, fragte der Förster nachdenklich.

»Ja, das sind auch Hamuraner. Diese Robe müssen hier alle tragen, die sich in der Kirche aufhalten. Sie ist ein Zeichen der Angehörigkeit«, sagte Paranolus.

»Und für was ist diese Sichel?«

»Für den Kräutergarten«, grinste der Priester den Förster finster an und öffnete eine Tür, die sich am Ende des Viadukts befand. Sie traten ein und befanden sich in einer großen, wunderschön verzierten Kirche wieder.

Staunend blickte sich der Förster in der Kirche um. Sie war links und rechts mit feinen roten Lederstühlen ausgestattet. In der Mitte verlief ein Durchgang aus weißen, glänzenden Marmorplatten, der geradeaus zum Altar führte.

Der gesamte Altar war aus purem Gold. Mehrere große weiße Kerzen und goldgefärbte Kerzenleuchter schmückten den Altar, sowie große Figuren, die an Jesus und Gott erinnerten. Hinter dem Alter erblickte der Förster, die schönste Orgel, die er je in seinem Leben gesehen hatte. Sie war riesig. Und wohl ziemlich alt. Die Decke und die Wände waren mit Ölgemälden, wunderschönen Figuren und Kerzenleuchter geschmückt. Die Kerzen brannten und das Wachs tropfte langsam den Boden voll.

Ein paar Männer und Frauen in Roben saßen und knieten auf bzw. vor den Lederstühlen und beteten etwas auf Lateinisch. Sie ließen sich dabei nicht aus der Ruhe bringen.

»Hier halten wir unsere Hamuranischen Gottesdienste ab. Kommen Sie, lassen Sie uns eine ausgiebige Mahlzeit zu uns nehmen, ich sterbe vor Hunger. Das war eine anstrengende Reise.« Der Priester schnippte mit dem Finger und schon kam ein Mann aus der Tür neben ihnen. Er trug ein braunes Gewand und Sandalen.

»Sie sind ganz anders gekleidet. Sind Sie ein Satanist?«, fragte der Förster interessiert.

»Oh nein, bin kein Satanist. Ich bin ein Mönch und diene Paranolus. Nebenbei kümmere ich mich hier noch um die Sauberkeit!«

»Günter, wir wünschen etwas zu essen«, sagte der Priester. Günter verbeugte sich vor den beiden und führte sie in einen Speisesaal. Der große Tisch, der in der Mitte des Raumes stand, war bereits frisch gedeckt. Zwei Diener stellten silberne Platten mit Mahlzeiten wie Fisch und Gemüse auf den Tisch. Darunter auch mehrere Suppen. Selbst das Besteck war aus Silber.

Die beiden setzten sich und tauschten sich während des Essens ausgiebig aus.

»Es wäre mir eine Ehre, wenn Sie heute hier übernachten würden. Ihr Körper braucht die Ruhe und Erholung.«

»Das Angebot nehme ich sehr gerne an«, sagte der Förster und einer der beiden Diener, die den Tisch gedeckt hatten, gab dem Förster ein Zeichen ihm zu folgen. Der Förster stand auf, bedankte und verabschiedete sich. Priester Paranolus blieb nachdenklich zurück. Er überlegte kurz, dann rief er Günter zu sich.

»Günter, beobachte ihn heute Nacht. Ich glaube er ist das perfekte Opfer für uns!« Günter und der Priester sahen sich in die Augen und fingen an, finster zu lachen. Der Mönch griff nach einer schweren Keule, die an der Wand hing, schnappte einen Kerzenleuchter und ging davon.

Währenddessen folgte der Förster dem Diener. Sie gingen einen langen Gang entlang, der nur schwach von ein paar Kerzen, die an der Decke hingen,

beleuchtet wurden. Diese flackerten fröhlich im Luftzug.

»So groß sah die Kirche von außen gar nicht aus«, dachte sich der Förster. Sie bogen links ab und standen nun vor einer großen Treppe aus Holz, die nach oben in die Schlafgemächer führte. Auf jeder Treppenstufe war ein roter Teppich angebracht, der einen Teil der Stufen bedeckte. Die Teppiche waren wohl nicht mehr sehr neu, da die Ränder schon Fransen bildeten. Je höher sie die Treppe hinaufstiegen, umso dunkler und kälter wurde es. Dem Förster überkam ein komisches Gefühl, doch er sagte nichts. Endlich nahm der Hamuraner eine kleine Lampe aus seiner Kutte, die an seinem Gürtel befestigt war. Als sie oben ankamen, zeigte der Diener mit seinem Zeigefinger auf einen Raum.

»Hier werden Sie die Nacht verbringen. Bleiben Sie dort und machen Sie keine Ausflüge! Alles ist in bester Ordnung, Sie brauchen sich keine Sorgen zu machen.«

Der Förster verstand nicht ganz, aber ging der Bitte nach und machte sich auf den Weg in sein Zimmer. Dort angekommen, blickte er nochmal zurück. Der Diener stand immer noch an der Treppe und starrte ihn an. Ein ungutes Gefühl überkam ihn und Gänsehaut machte sich auf seiner Haut bemerkbar. Der Förster ging hinein und schloss die Tür hinter sich.

Er fand sich in einem schönen Raum wieder. Rechts stand ein großes Doppelbett mit einer grauen Bettdecke, die schwarze Muster aufwies. Davor stand ein weißer breiter Hocker. Der Teppich war braun mit einem großen Kreis in der Mitte, der mit mehreren Blumen und Sternen verziert war.

Ihm gegenüber sah er ein großes Fenster mit dunkelblauen Vorhängen.

In der Ecke steht eine Yuccapalme, die bis zur Decke reichte. Links neben dem Fenster stand ein schöner Kamin, in dem das Holz bereits knackend vor sich hin brannte und den Raum mit einer angenehmen Wärme füllte. Er legte seine Schrotflinte auf dem Hocker ab. Müde ließ er sich auf das Bett fallen. Die Matratze fühlte sich sehr weich an. Nun, da er jetzt Ruhe hatte, merkte er, wie platt er war. Seine Augen wurden immer schwerer. Er sah dem flackernden Feuer im Kamin zu und entspannte sich dabei. Er schlief ein.

Kaum eingeschlafen wurde er von lautem Geschrei und Gewimmer geweckt. Er schreckte auf. Schnell tastete er nach der kleinen Lampe auf seinem Nachtkästchen und schaltete sie ein. Es dauerte eine Weile, bis sich seine Augen wieder an das Licht gewöhnten.

Er schaute auf seine Armbanduhr. 1:32 Uhr.

»Hab ich das nur geträumt? Oder hat da jemand tatsächlich geschrien?« Er horchte weiter, aber es war alles still. Gerade als er sich wieder hinlegen wollte, hörte er das Weinen, eines kleinen Mädchens, das kurz darauf vom Schreien eines Mannes übertönt wurde. Er konnte nicht verstehen, was der Mann rief. Doch dann hörte er ein lautes Klatschen. Das Mädchen weinte

jetzt noch lauter als zuvor. Das ging einige Minuten so weiter, bis eine Tür zugeschlagen und dann von außen verschlossen wurde.

»Was zum Teufel geht da vor sich!« Er beschloss, der Sache auf den Grund zu gehen. Der Förster stand vom Bett auf, zog sich seine Schuhe und Jacke an, nahm sich eine Packung Streichhölzer aus der Schublade des Nachtkästchens und öffnete langsam die Tür. Ein Quietschen ließ ihn kurz zusammenzucken. Es war so dunkel auf dem Gang, dass man kaum die Hand vor Augen sah.

Er öffnete die Packung mit den Streichhölzern, holte eines heraus und zündete es mit zitternder Hand an.

Wieder dieses Schluchzen. Er tastete sich langsam an der Wand vorwärts, in Richtung des Geheules. Sein Atmen wurde hektischer, sein Herz schlug etwas schneller. Plötzlich schmerzte sein Daumen wie verrückt. Er hätte am liebsten geschrien, doch er konnte nicht. Zu groß war seine Angst entdeckt zu werden. Er sah, dass das Streichholz abgebrannt war. Sofort schmiss er es auf den Boden und nahm sogleich ein neues heraus. Ein roter Punkt bildete sich auf seinem Daumen, der sich schon bald zu einer kleinen, mit Wasser gefüllten Blase, entwickelte. Endlich kam er am Ende des Korridors an. Auf der linken Seite befand sich eine sonderbare Tür. Bei näherem Betrachten fiel im auf, dass die Tür mehrere Kratzer barg und eine Zahl eingeritzt war: '7'.

»Was hat das zu bedeuten?«, fragte er sich.

Ein Spruch war ebenfalls eingeritzt:

'Nicht Unseren - Meine Liebste - 7-'

Er klopfte leise und zaghaft an die Tür. Das Schluchzen hörte für einen kurzen Moment auf.

»Wer ist da?«, weinte eine Stimme, »geh weg.«

»Hallo ich heiße Simon, wie heißt du?«

»Ich? Ich bin .... Ich bin ... Ich weiß es nicht mehr«, weinte das arme Mädchen nun wieder.

Der Förster versuchte, die Tür zu öffnen, doch sie war verschlossen. Er versuchte, etwas durch das Schlüsselloch zu erspähen. Vornübergebeugt schaute er durch das Loch, doch er sah nur einen weißen Betonboden und eine weiß gekachelte Wand.

Ein kleines Bett, in das höchstens ein 7-jähriger hineinpassen würde, stand an der Wand. Keine Matratze, kein Kissen, keine Decke, nur das Metallgestell des Bettes. Er klopfte nochmals gegen die Tür.

»Wirst du hier gefangen gehalten?«, fragte Simon vorsichtig.

»Das darf ich nicht sagen«, antwortete das Mädchen nur. Plötzlich hustete und würgte sie. Es hörte sich so an, als würde sie sich gerade übergeben, denn eine Flüssigkeit platschte auf den Betonboden. Wahrscheinlich ihre Magenflüssigkeit. Noch bevor er fragen konnte, was los war, spürte er einen festen Schlag gegen seinen Hinterkopf. Er schrie kurz vor Schreck auf und merkte, wie die Tür vor ihm, zu verschwimmen begann. Im Bruchteil einer Sekunde merkte Simon, dass er das Gefühl in seinen Händen und Beinen verlor. Plötzlich drehte sich alles um ihn herum und ihm wurde schwarz vor Augen. Es fühlte sich an, als

ob er aus einer gigantischen Höhe fiel und auf einer
weichen Wolke aufkam und dort liegen blieb. Er verlor das Bewusstsein.

69

Kapitel 10

Simon saß auf einer Wolke und schaute von oben auf seine kleine Hütte im Wald herab. Er sah sich selbst, zusammen mit einem Schäferhund vor seiner Tür. Die beiden spielten mit einem kleinen glücklichen Jungen Fußball. Den kleinen Jungen kannte er sehr gut aus seiner Vergangenheit. Er genoss es, den dreien zuzusehen, wie sie zusammen lachten und spielten.

»Ich hab dich so lieb Onkel«, sagte der kleine Junge und umarmte Simon. Der Schäferhund bellte und schleckte Simons linke Hand ab. Erfreut rannte er um die beiden wild herum. Doch ehe er den dreien weiter auf seiner Wolke zusehen konnte, spürte er einen Windstoß, der immer stärker wurde.

Der Wind riss ihn von seiner Wolke und schleuderte ihn hart auf den Boden. Noch bevor er auf der Oberfläche aufkam, kehrte er in sein richtiges Leben zurück.

Simon wachte mit einem Schrecken auf.

Schweißgebadet musste er erstmal tief Luft holen und sich orientieren.

Sein Kopf tat weh und pochte. Er wollte sich mit seiner Hand an den Hinterkopf fassen, doch er stellte fest, dass er mit beiden Armen an der Decke gefesselt in der Luft hing.

»OH GOTT!«, schrie er und rief laut um Hilfe. Doch niemand hörte ihn.

Er versuchte sofort hoffnungsvoll, durch ständiges Herumschwingen, die Fesseln etwas zu lösen.

Doch es half nichts. Das Einzige, was er erreichte, waren brennende Armmuskeln. Er erfühlte mit seiner Hand seinen nassen und klebrigen Hinterkopf.

»Bin ich niedergeschlagen worden?«

»Diese Mistkerle!«, schrie er. Er sah sich um und bemerkte erst jetzt, dass er in einem Käfig, der mitten im Raum stand, eingesperrt war.

Heu lag am Boden und rechts in der Ecke stand ein alter, sehr wacklig modriger Holztisch, an dem es keine sichtbaren Kanten mehr gab, da das feuchte Holz bereits zersprungen abstand. Daneben lehnte ein klappriger Holzstuhl an der Wand. Links oberhalb befand sich ein Fenster, dass einen kleinen Lichtstrahl in seine Zelle warf.

»Ich würde dort vielleicht hindurch passen«, dachte er laut, »wenn ich nur diese Fesseln lösen könnte.«

Er merkte, wie die Seile sich immer weiter in seine Handgelenke hineinschnitten. Etwas Blut rann langsam Richtung Ellenbogen hinunter.

Plötzlich hörte er Schritte, die sich seiner Zelle näherten. Er bekam es mit der Angst zu tun. Die Gestalt kam näher und zeigte sich nun dem Förster Simon.

»Paranolus!!«, zischte Simon, »was soll das, was haben Sie mit mir vor?«

»Alles zu seiner Zeit mein Lieber«, lachte der Priester hämisch, »Sie sind in den Katakomben der Kirche.

Hier werden den Leuten Hamurs Weisheiten unterzogen und hier wird gelehrt.«

»HALTEN SIE DIE KLAPPE!«, schrie Simon, »lassen sie mich umgehend frei!«

»Bedaure mein Lieber, wir können Sie nicht einfach hier herausspazieren lassen und so tun als wäre nichts gewesen.«

»NEIN!«

»Ich habe etwas anderes mit Ihnen vor. Ich werde Ihnen das Geheimnis der Hamurlogie lehren und Sie werden sich uns anschließen. Früher oder später, so sei es. Sie sind perfekt für uns! Nachdem Sie ja schon viel Erfahrung im Töten haben, habe ich nicht recht?«, grinste der Priester.

Der Förster blickte beschämt auf den Boden.

»Ich werde mich euch nie anschließen, ich weiß nicht was ihr vorhabt, aber ich will damit nichts zu tun haben.«

»Seien sie sich damit mal nicht so sicher«, lachte der Priester und ging davon.

»HEY!«, schrie Simon, »was habt ihr diesem Mädchen angetan?«

Paranolus blieb stehen.

»Angetan? Wir versuchen sie zu retten!«

»Retten? Wovor?«, fügte Simon hinzu.

»Nun, da Sie hier unten so oder so lebend nicht herauskommen werden, kann ich es Ihnen ja sagen.«

Dem Förster stockte der Atem, als er das hörte. Er wird hier sterben. *Bitte nicht*, dachte sich Simon.

Der Priester fuhr fort.

»Es war im April 1956, als die kleine 4- jährige Tina auf der Familienfarm spielte. Es war eigentlich ein ganz normaler Tag, wie jeder andere auch. Doch plötzlich verschwand das kleine Mädchen. Als die Eltern dies bemerkten, wandten sie sich sofort an die örtliche Polizei. Ein Großaufgebot an Beamten und freiwilligen Helfern gaben ihr Bestes, Tina bald wieder zu finden. Doch je mehr Zeit verging, desto geringer wurde die Chance und die Hoffnung verschwand. Bis plötzlich eine neue Nachricht die Polizei erreichte. Tina wurde gesehen. Und zwar im über 300 Kilometer entferntem Frankfurt. Beamte zeigten der Mutter ein Foto dieses Mädchens. Sie brach in Tränen aus und bestätigte, dass das ihre Tochter war. Sie fuhren nach Frankfurt, wo Tina in einem Heim war. Sie nahmen die Kleine wieder mit zurück auf die Farm. Zuhause angekommen herrschte eine riesige Freude. Aber natürlich stellte sich auch jeder die Frage, wie Tina nach Frankfurt kam und dort völlig alleine durch die Straßen wanderte. Die Eltern waren daran nicht interessiert und einfach nur überglücklich, ihre Tochter zurückzuhaben. Auch die Nachbarn kamen vorbei, um das Mädchen wieder in Empfang zu nehmen. Doch irgendetwas stimmte nicht so wirklich mit ihr. Tina verhielt sich äußerst komisch. Sie war schüchtern und zurückgezogen. Das war ein Verhalten, welches sehr untypisch für sie war. Sie schien gar niemanden mehr zu erkennen. Sie wusste nicht einmal, wer ihre Eltern waren. Diese machten sich zwar große Sorgen, dachten jedoch auch, dass sie entführt wurde und dies alles zu einer Art Trauma gehörte. Die Zeit soll ja alle Wunden heilen. Doch irgendwann fingen sie an, sich zu fragen, ob dieses Mädchen, das exakt so aussah wie Tina, wirklich ihre Tochter war. Zudem gab es da noch einen Farmer namens Fu Le-Soyen, der in der Nähe lebte. Er war bekannt für seine Wutausbrüche und kam eines Tages zu der Familie und fragte, ob sie Tina gefunden hätten. Als die Eltern dies bestätigten, sah er verwirrt aus und fragte sie, ob sie sich sicher sind, dass das wirklich ihre Tochter ist. Bevor er wieder verschwand, sagte er noch etwas darüber, dass es seine Schuld war. Die Familie versuchte, alles Negative zu verdrängen. Doch dann am 27. Mai wurde die Leiche eines 6-jährigen Kindes, nur 800 Meter von der Farm entfernt, gefunden. Es wurde zwar nie bestätigt, dass diese Leiche wirklich Tina war, doch der Verdacht kam natürlich sofort auf. Die Eltern gaben das Mädchen, das bei ihnen lebte, in ein Heim. Dort begann sie sich noch mehr zu verändern. Sie hatte keine Freunde dort, niemand wollte mit ihr spielen oder auch nur ein Wort wechseln. Sie wurde psychisch krank. Sie malte eigenartige Zeichen an die Wände, vielleicht um sich so zu verständigen. Es wurde immer schlimmer. Eines Tages kam die Betreuerin in ihr Zimmer und sah, wie sie im Kopfstand die leere Wand anstarrte. Ihr gesamter Körper war von Kratzern übersäht. In ihrem Mund hatte sie ein Stück Metall auf dem sie herumkaute und dabei ihre Zähne ausbiss. Dieser Anblick war für die Betreuerin ein traumatisches Erlebnis, da sie mitansehen musste, wie unter dem Mädchen schon einige ausgebissene Zähne lagen und es dem Mädchen nichts auszumachen schien. Sie grinste stattdessen nur und das Blut tropfte von ihren Mundwinkeln auf den Boden. Sie nahm die Bruchstücke mit der Hand auf und schluckte sie hinunter. Es war fürchterlich. Die Betreuerin bat die Kirche um Hilfe und wir führten ein Exorzismus an ihr durch, doch es half nichts. Wir sperrten sie ein, um vielleicht so den Teufel aus ihr heraus zu beschwören. Sie ist bereits seit neun Jahren in diesem Zimmer eingeschlossen.«

Simon schluckte heftig, als er das hörte.

Simons Arme wurden immer schwerer. »Bindet mich los!«, schrie Simon den Priester an.

»Bedaure! Nun denn«, fügte der Priester hinzu und ging davon. Die Tür fiel krachend ins Schloss.

Simon blieb alleine in seinem Käfig zurück.

Er machte sich große Sorgen. Ständig in Todesangst zu sein, zehrte an seinen Kräften.

»Was haben die nur mit mir vor?«, fragte er sich.

Währenddessen betrat ein älterer Mann den Raum und kam langsam näher an den Käfig heran. Es war der Mönch Günter.

Er roch sehr penetrant nach Weihwasser. Der Geruch war so stark, dass er sich sofort in Simons Nase einnistete.

Der Mönch stand einfach nur da und schaute ihm tief in die Augen. Nach einiger Zeit holte er einen alten rostigen Schlüsselbund aus seiner Kutte. Es hingen mindestens zehn Schlüssel daran. Er probierte einige Schlüssel an Simons Zelle aus, bis er endlich den Richtigen fand. Das Türschloss klackte. Günter drückte die Tür mit einem lauten Quietschen auf. Das Geräusch der ächzenden Eisentür sorgte für Gänsehaut an Simons ganzem Körper.

Der Mönch ging hinein und blieb knapp vor dem Förster stehen.

»Was wollen Sie von mir?«, fragte Simon ängstlich.

Der Mönch aber antwortete nicht. Doch plötzlich holte Günter mit seinem Arm aus und schlug dem Förster so heftig ins Gesicht, dass dieser sofort k.o. ging und wie eine Leiche in der Luft hing. Blut tropfte aus seiner Nase. Diese wurde durch den Schlag so weit nach rechts gedrückt, dass ihm das Nasenbein brach. Doch das spürte er nicht mehr. Der Mönch wischte das Blut an seiner Hand an der Jacke des Försters Jacke ab. Er holte erneut seinen Schlüsselbund heraus und öffnete die Eisenfesseln des Försters. Als die Fesseln aufschnappten viel er wie ein lebloser Mann in das Heu auf dem Boden.

Der Mönch grinste, ging hinaus und sperrte die Käfigtür wieder ab.

Es dauerte ganze 25 Minuten, bis der Förster wieder zu sich kam. Seine Nase schmerzte und sein Kopf brummte, als ob er bald auseinanderbrechen würde.

Simon versuchte, sich aufzurappeln. Doch seine Beine waren eingeschlafen. Es dauerte gefühlt eine halbe Ewigkeit, bis er schließlich endlich aufstehen konnte.

»Oh Gott ist mir schlecht und schwindelig«, beklagte sich Simon. Er drückte mit seinen Daumen leicht an seiner Nase herum, um zu prüfen, in welchem Zustand sie sich befand. Es knackste und schmatzte, als sich der kaputte Knochen durch den

Druck seines Fingers bewegte. Simon bückte sich und hob ein paar kleine Heuhalme vom Zellenboden auf. Er formte sie zu einer Kugel und steckte sie sich anschließend in beide Nasenlöcher, damit das Blut nicht noch weiter herauslaufen konnte.

»Was haben die nur mit mir vor?«, überlegte er.

Ein Druck in seinem Unterleib machte sich breit.

»Jetzt muss ich auch noch pinkeln.«

Er sah sich um und entdeckte einen braunen Holzeimer, der in der Ecke stand und von Spinnweben bedeckt war. Er nahm ihn und wischte die Spinnenweben mit seinem Jackenärmel ab. Nun öffnete er schnell den Reißverschluss seiner Jeans, sowie den silbernen Knopf und überließ der Natur den Rest. Es fühlte sich gut und befreiend an. Er stellte den Eimer wieder in die gleiche Ecke zurück. Bei jedem Schritt schwappte die gelbe Flüssigkeit im Eimer umher. Noch bevor er ihn abstellen konnte, hörte er die Schreie eines Mannes, die im Raum in dem sich Simon befand, sehr laut hallten. Eine Tür öffnete sich ächzend. Herein trat der schreiende Mann, dicht gefolgt von einem grinsenden Günter.

Der unbekannte Mann sah nicht älter als 35 Jahre aus. Günter trug eine weiße Schürze um seinen Bauch, die mit Blutflecken übersät war. Der Mann trug nur einen braunen Stofflumpen als Hose und seine nackte Haut war am gesamten Körper mit Narben überzogen. Der Mönch schob den Armen vor sich her, bis sie in der Mitte des Raumes ankamen. Dort schaltete er eine Lampe, die sich an der Decke befand, ein. Der Raum erhellte sich sofort. Simon sah einen silbernen

Metallstuhl, dessen Armlehnen mit schwarzen, ledernen Fesseln bestückt waren. Daneben stand ein großer Holztisch mit mehreren blutigen Folterwerkzeugen darauf. Günter zog den Mann an den Haaren und forderte ihn auf, sich in den Stuhl zu setzen. Der Mann hörte auf zu schreien und erwiderte nun plötzlich in einem gequält fröhlichen Ton: »Sehr gerne eure Exzellenz!«

Simon sah dem Spektakel interessiert zu, fragte sich jedoch, was der Mönch vorhatte. Günter nahm die ledernen Fesseln in beide Hände und schnürte beide Arme des Mannes an den Lehnen fest.

»Jetzt bist du fällig«, sagte Günter finster und drehte sich zu dem Holztisch um. Lachend suchte er sich das erste Folterwerkzeug aus.

»Was hältst du denn von dem?«, fragte der Mönch und hob mit seiner rechten Hand einen Bolzenschneider hoch.

Der Mönch guckte freudig über den ganzen Tisch. Er nahm sich ein paar Werkzeuge zur Hand und schob sie in einer Reihe ordentlich zusammen. Darunter war der Bolzenschneider, zwei Fläschchen, die irgendeine Säure enthielten, ein gelber Heißluftbläser und ein Glas, in dem sich hunderte von dicken, weißen Larven tummelten.

Simon, der in seiner Zelle den beiden aufmerksam zusah, lief ein kalter Schauer den Rücken hinunter. Im Schneidersitz sah er im Heu entsetzt zu und fragte sich, was wohl als Nächstes passieren würde.

Allmählich begriff der Förster, was dem armen Mann bevorstand.

Günter nahm sich die beiden Fläschen zur Hand und stellte sie auf ein kleines Podest.

Er öffnete eine kleine Schublade mit einem bronzefarbenen Griff, die sich unter dem Tisch befand. Er zog sie langsam auf. Das alte Holz begann zu ächzen und zu stöhnen. In der Schublade befanden sich ein paar Zettel und Unterlagen sowie etliche größere ovale Reagenzgläschen. Er nahm die Gläschen heraus und stellte sie neben den anderen beiden auf das Podest.

»Na interessiert?«, fragte der Mönch und deutete auf die zwei Gläser, die vor ihm standen.

»Wir haben hier zwei Gläser mit Säuren. In dem linken Glas befindet sich Lewis-Antimon-Säure, in dem rechten Bronsted-Säure! Das sind einer der gefährlichsten Chemikalien, die es gibt! Wenn ich die beiden kombiniere, haben wir am Ende Hexafluorantimonsäure, eine sogenannte Supersäure. Aber das führe ich dir gleich vor.«

Dem Mann rann schon jetzt der Schweiß an seiner Stirn herunter und ließ ihn am ganzen Körper erschaudern.

Günter nahm die rote Bronsted-Säure und träufelte sie in eine der leeren Reagenzgläser, die er aus der Schublade genommen hatte. Anschließend kippte er auch die blaue Lewis-Säure hinterher.

Sofort machte sich ein Schwefelgeruch breit, der sich im ganzen Zimmer verstreute. Es zischte und blubberte in dem Glas und vermischte sich langsam zur Farbe Lila.

Günter nahm das Glas und verteilte ohne Vorwarnung die so gefährliche Flüssigkeit gleichmäßig über die Schienbeine des Mannes.

Dieser schrie sofort so laut auf, dass sein Kopf sich in kürzester Zeit tiefrot färbte. Die Flüssigkeit brannte Löcher in die Haut, fraß sich langsam durch das Fleisch und schließlich durch die Knochen. Die Haut außen herum färbte sich pechschwarz und es bildeten sich eitrige Blasen. Der Mann schrie sich die Stimme aus der Kehle und war im Gesicht nun nicht mehr rot, sondern kreidebleich. Die Säure hat sich mit Leichtigkeit durch seine Beine gefressen und lag nun als große Lache auf dem gekachelten Boden. Die Schienbeine waren nicht mehr vorhanden. Es hingen nur noch blutige, schwarz verkohlte Stumpen ab, die noch an ein paar Stellen mit zerfetzter Haut und einigen Resten von Fleischstücken bedeckt waren. Der Anblick war abscheulich. Der Mann schrie immer noch.

»Ohh tut es etwa weh?«, provozierte Günter die arme Seele.

Er nahm nun den alten verrosteten Bolzenschneider in die Hand.

»Keine Sorge ich bin Arzt. Wo tut es weh? HIER VIELLEICHT?« Der Mönch packte die rechte Hand seines Opfers und setzte den Bolzenschneider an den Daumen des Mannes an.

»Brauchen Sie eine Krankschreibung?«, fragte er laut lachend.

Ein furchtbares Geräusch ertönte, als der Schneider erst die Hautoberfläche, dann das Fleisch zerschnitt und schließlich den Knochen zerknackte. Der Mann schrie immer lauter und befand sich kurz vor einem Ohnmachtsanfall.

Als sein Kopf nach vorne knickte, haute ihn der Mönch mit seiner linken Faust in das Gesicht. Der Mann kam wieder zu sich und stöhnte laut vor Schmerzen auf. Der Mönch aber zeigt kein Erbarmen und nahm sich nun die linke Hand vor.

Er packte sie, setzte den Schneider an und drückte sofort mit ganzer Kraft zu. Das Blut rann und quoll aus den Fingern, die nur noch fransige abgeschnittene Knochen waren. Die abgetrennten Finger fielen einzeln zu Boden. Der Mönch hob sie auf und legte sie auf den Tisch.

»Besser nicht wahr?«, fragte der Mönch.

Endlich ließ Günter für einen kurzen Moment von dem Mann ab.

Der Mann blickte zuerst zu seinen Beinen, an denen nur noch fleischige Fetzen hingen, dann zu seinen abgetrennten Fingern. Er musste sich vor Schmerzen übergeben. Das orange blutige Erbrochene spritzte in alle Richtungen und erwischte Günter auf seiner Schürze. Dort lief es langsam herunter und tropfte zu Boden.

Der Mönch schaute erst unglaubwürdig auf seine Schürze, bückte sich dann und steckte seinen rechten Zeigefinger in die erbrochenen Brocken. Er rührte ein wenig dort herum. Den vollen Finger steckte er sich in seinen Mund und schleckte ihn langsam und genüsslich mehrmals ab, bis dieser wieder sauber war.

»Köstlich, einfach köstlich!«, rief er freudig.

Der Mann hustete fürchterlich vor sich hin. Günter nahm nun den gelben Heißluftbläser in die Hand und steckte das schwarze Kabel in eine weiße Steckdose, die sich unter dem Tisch an der Wand befand. Er schaltete den Bläser ein und das Gerät erzeugte einen Ton, der an einen Haarföhn erinnerte.

Sofort begann das Gerät eine 650 Grad heiße Luft aus dem goldenen Messingkopf heraus zu pusten. Der Mönch lächelte den Mann an und bewegte das Gerät zügig über den gesamten Körper des Mannes. Dem Mann wurde es sofort abartig heiß.

Günter hielt mit dem Gerät ca. 30 cm von seinem rechten Auge inne.

Der rote Punkt, der aus dem Gerät kam, blendete ihn so sehr, dass er seine Augen schloss.

Der Mönch bewegte das Gerät langsam immer näher an sein Auge. Es wurde immer heißer, bis es schließlich leicht zu brennen anfing. Der Mönch war nur noch 10 cm vom Auge entfernt. Der Mann schrie, als er spürte, wie sein Augapfel wie verrückt zu tränen und zu schmerzen begann. Der Mönch drückte den Messingkopf nun vollständig an das Auge. Es schmerzte höllisch. Der Mann merkte, wie sein Augapfel durch die schwere Hitze zu pochen begann. Es schmerzte so, als würde jemand tausend Nadeln ins Auge stechen. Das Weiße im Auge färbte sich gelbliche und es fühlte sich an, als ob das Auge bald aus der Höhle springen würde. Der Augapfel schwoll immer weiter an, bis das Auge schließlich mit einem Geräusch platzte. Blut floss aus seiner Augenhöhle, in der nur noch der verbrannte Sehnerv hinunter baumelte. Er war nun auf der rechten Seite blind. Der Mönch kümmerte sich direkt um das Andere und drückte den Heizlüfter an das linke Auge. Auch dieses zerplatzte nach kurzer Zeit und ließ den kaputten Sehnerv in der blutigen Augenhöhle zurück. Der Mann war nun vollständig erblindet und spürte nur noch höllische Schmerzen.

Der Mönch lachte wie ein Verrückter, legte den Bläser auf den Tisch und nahm schließlich das weiße Glas, mit dem silbernen rostigen Deckel. Weiße, schleimig dicke Larven warteten hungernd auf ihr Essen.

Der Förster Simon konnte dem Ganzen in seiner Zelle nicht mehr länger zusehen. Er kauerte sich in eine Ecke, schloss die Augen und hielt sich seine Ohren mit beiden Händen zu, um das Leid des Mannes nicht länger ertragen zu müssen.

Günter nahm einen blauen Plastiktrichter, den er auf dem Tisch bereitgestellt hatte, öffnete das Glas und griff hinein, um die gesamten Larven heraus zu ziehen.

»Maul auf!«, schrie er und der Mann folgte seinem Befehl.

Er steckte den Trichter in den Mund des Mannes und schüttete die Larven hinterher. Dabei hält er die Nase des Mannes zu, damit der Mund geöffnet blieb.

Die Larven rutschen nacheinander in den Mund der armen Seele. Er keuchte, schluckte und röchelte, als die Larven seine Speiseröhre hinunterkrochen und schließlich in seinem Magen landeten. Der Mann rang nach Luft, doch der Mönch hielt ihm gewaltsam mit seinem linken Daumen und Zeigefinger weiterhin die Nase zu. Die Larven begannen den Körper Stück für Stück von innen heraus aufzufressen. Der Mann spuckte literweise Blut aus seinem Mund.

Das Leid wurde unerträglich, als die Larven allmählich die gesamten Innereien auffraßen.

Nach etwa 5 Minuten stockte der Atem des Mannes. Er erstickte an seinem eigenen Blut. Der Mönch prüfte seinen Puls.

Es war vorbei.

Die Maden fraßen sich schlussendlich durch die Haut. Sie krochen aus seinem blutigen offenen Brustkorb, seinem Mund und aus seinen Augenhöhlen.

Der Mönch grinste, ging einen Schritt zurück und sammelte die fetten blutgenährten Larven nacheinander ein, steckte sie in das Glas und stellte es wieder auf den Tisch.

Günter klatschte in seine Hände.

»Ahh, das war lustig«, sprach er freudig und ging davon.

Simon hörte noch die Tür in das Schloss fallen, nahm vorsichtig die Hände von seinen Ohren und öffnete dann langsam die Augen.

Es war ruhig. Er sah zu dem Mann hinüber und entdeckte nur noch eine leblose Hülle, welche auf dem Stuhl gefesselt war. Das Skelett war fast vollständig freigelegt. Einige Fleischfetzen hingen noch von den Knochen weg, doch das meiste war von den Larven gefressen worden.

Ein schreckliches Bild dachte sich Simon, der sich daraufhin erbrach.

»*Ich muss hier raus, egal wie!*«

Simon sah sich hastig in seinem Käfig um und entdeckte die Metallfesseln im Heu liegen, an denen er gefesselt war. Der Mönch hatte sie ihm abgenommen.

Er hob sie auf und begutachtete sie. Er sah, dass sie einige scharfe Kanten besaßen.

»Perfekt!«, dachte sich Simon. Er machte sich daran, das sehr alte Schloss der Käfigtür zu knacken. Nach einiger Zeit gelang es ihm und er ging schnell zu dem alten Holztisch und schob ihn unter das Fenster.

Aber er merkte, dass das Fenster immer noch unerreichbar war, stellte er auf den Tisch noch den Stuhl hinauf. Vorsichtig stieg er nach oben und sah aus dem Fenster. Außer Gebüsch und trockenem Gestrüpp war nichts in der Dunkelheit zu erkennen.

Mit aller Kraft schlug er gegen das Glas.

Tatsächlich, ein Riss war zu erkennen, doch der Schlag war lauter, als er gedacht hatte.

»Ich muss schnell machen, bevor noch jemand kommt!«

Er schlug ein weiteres Mal dagegen und der Riss begann sich langsam auszubreiten. Plötzlich öffnete sich die Tür.

Günter und Paranolus rannten panisch hinein.

»Erschieß ihn!«, schrie Paranolus Günther zu.

Sofort begann der Mönch daraufhin, des Försters eigene Schrotflinte mit Munition zu laden.

Simons Puls stieg ins unermessliche und er schlug panisch wieder in das Fenster. Der Mönch zielte. Schoss. Aber die Kugeln trafen nur die Wand.

Putz splitterte ab und eine Staubwolke verbreitete sich in der Zelle.

»Entweder jetzt oder nie«, dachte sich Simon, holte tief Luft und schlug ein letztes Mal mit aller Kraft in das Fenster. Es zersprang mit einem lauten Knall. Scherben fielen auf den Boden.

»Schieß du Idiot!«, schrie Paranolus den Mönch an.

Dieser lud nach und zielte erneut.

Der Förster sah voller Panik zu dem kleinen Fenster. Er musste handeln. Mit letzter Kraft zwängte er seinen fülligen Körper durch das Fenster und schnitt sich dabei an den Fensterscherben den Unterarm auf. Mithilfe seiner Hände, die er an der kalten Außenmauer abstützte, schaffte es Simon endgültig hinaus. Doch er wusste, dass ihm nicht viel Zeit blieb, um zu flüchten. Er sprang sofort. Unten aufgekommen, rutschte er auf dem feuchten Waldboden aus und knickte mit seinem linken Sprunggelenk weg. Er schrie vor Schmerzen kurz auf. Stand jedoch schnell wieder auf, blickte kurz hinter sich und machte sich, die Schmerzen in seinem Fuß und den blutenden Unterarm ignorierend, auf den Weg. Weit weg von diesem grausamen Ort.

Noch ehe der Staub verflogen war, blickten die beiden anderen in eine leere Zelle. Simon war geflohen.

»NEIN! Folge ihm, finde ihn und töte ihn! Dann wirst du belohnt!«

Der Mönch grinste Paranolus an und rannte in Richtung Fenster. Er zwängte sich ebenfalls hindurch und folgte der Blutspur, die der Förster hinterließ.

Der Förster taumelte in irgendeine Richtung, riss das Gebüsch zur Seite und humpelte hastig weiter. Er stolperte über eine dicke Wurzel, die er übersehen hatte und fiel unvorbereitet mit einem Ruck hin. Das Gesicht steckte im Schlamm. Als er den Kopf leicht anhob, war er entsetzt, was er vor sich erblickte.

Unzählige Holzkreuze standen um in herum. Einige teils verwittert, das Holz schon schwarz und morsch. Aber es schien auch einige neue Gräber zu geben. Sein Blick blieb bei einem stehen. Das Grab sah frisch aus, eine kleine Schaufel steckte noch in dem Boden. Als er wieder aufstand und langsam dorthin humpelte, erkannte er einige Knochenstücke, die wohl in der Eile nicht ganz verdeckt worden waren. Teile der Knochen waren sogar noch mit einigen Resten von Fleischfetzen verziert. Die Käfer und Asseln schienen gerade ein Festmahl gefunden zu haben, so stark war das Gekrabbel.

Dem Förster wurde übel. Er musste sich leicht vornübergebeugt übergeben. Mit seiner rechten Hand wischte er das Überbleibsel von seinem Gesicht ab. Da sah er aus den Augenwinkeln einen kleinen roten Rucksack im Gebüsch links neben sich liegen. Er griff nach ihm, holte tief Luft und ging dann hastig weiter. Ab und zu blieb er stehen, sah sich um, nur um sicherzugehen, dass ihm niemand folgte. Mit einem schmerzverzerrten und schweißnassen Gesicht kam er zu einem kleinen Pfad, den er kannte. Schließlich war das sein Wald. Nun konnte er sich orientieren und wusste, wo genau er war. Humpelnd ging er weiter Richtung Osten. Es war nicht mehr weit bis zu seinem Haus.

»Wie konnte ich das nur all die ganzen Jahre nicht mitbekommen haben?«

Fassungslos erblickte er seine kleine Hütte, ging schnell hinein und schloss seine Tür von innen ab. Den kleinen roten Rucksack warf er sofort in die nächste Ecke und ging eilig zu seinem großen Tisch, um ihn vor die Tür zu schieben. Zu groß war die Furcht, vor dem gerade Erlebten. Er ließ jeden vorhandenen Rollladen hinunter und zündete nur zwei Kerzen an, um nicht vom hellen Deckenlicht entdeckt zu werden.

Als er sich einigermaßen sicher fühlte, ging er zu dem Rucksack und hob ihn auf.

Jetzt erst merkte er, wie seine Lunge vor Anstrengung pfiff und sein Sprunggelenk schmerzend pochte.

Mit einem leisen Zurren öffnete er den Rucksack und blickte hinein. Er sah ein pinkfarbenes Handy, eine Geldbörse und einige Schminkutensilien.

Simon zog das pinke Smartphone heraus und drückte auf das Display. Dort erschien ein Foto eines Mädchens, das er von irgendwoher kannte. Er warf es wieder in den Rucksack hinein und grübelte, woher er das Mädchen denn kannte. Nach einiger Zeit fiel ihm ein, dass der Kommissar ihm damals ein Foto von diesem Mädchen gezeigt hatte. Doch ihren Namen hatte er vergessen.

Der Förster stand auf, ging zu seinem Schreibtisch, öffnete die oberste von den drei Schubladen und zog Papier und Stift heraus.

Langsam fing er an, das gerade Erlebte aufzuschreiben. Bei jedem Geräusch, das von draußen kam, zuckte er panisch zusammen. Als er mit seiner Niederschrift fertig war, waren die Kerzen schon fast gänzlich abgebrannt. Erst jetzt bemerkte er wieder, wie er vor lauter Angst während des Schreibens ein Küchenmesser mit an das Blatt oben links eingebohrt hatte, um das Papier während des Schreibens nicht festhalten zu müssen. Er faltete es eilig zusammen und steckte den Brief schnell in einen Briefumschlag. Auf dem Schreibtisch lagen einige ungeöffnete Briefe vom Vortag herum. Er hob zwei davon an und legte seinen Umschlag unten rein. Nun packte er seinen hölzernen Schreibtischstuhl, ging humpelnd und mit schmerzverzerrtem Gesicht zu einem kleinen Tisch, der in der Mitte stand und stellte den Stuhl auf dem Tisch ab. Mit einem suchenden Blick überlegte er, wo er denn die Seile für die Wildschweinjagd aufbewahrte. Als es ihm endlich einfiel, ging er zielstrebig zu seiner kleinen Abstellkammer und öffnete die Tür, die laut knarzte, da sie am Boden entlang schliff. Mit einem Handgriff zog er eines der vielen Seile heraus, die alle etwa eineinhalb Meter lang waren.

Währenddessen stand Günter vor Simons Tür und wollte diese öffnen, doch als sie nicht aufging, hämmerte er gewaltsam gegen die Tür und schrie: »Mach die Türe sofort auf oder ich schieße mir den Weg frei!

Ich mache Hackfleisch aus dir, sobald ich hier drin bin!«

Alles zog sich in Simon zusammen, völlig bewegungslos sah er entsetzt zur Tür. Als er sich wieder gesammelt hatte, machte er schnell zwei Knoten in sein Seil, zog es sich über den Kopf und humpelte zum Tisch. Das Ende der Schlinge machte er schnell mit einem weiteren Knoten an dem schweren alten Kronleuchter fest, in der Hoffnung, dass er ihn lange genug tragen würde. Er zog die Schlinge enger um seinen Hals. Mit seinem heilen Fuß kickte er den Stuhl, auf dem er stand, abrupt vom Tisch. Sofort begann die Schlinge seinen weit herausstehenden Kehlkopf fest abzudrücken.

»Bitte Herr, verzeihe mir, aber ich möchte nicht in den Händen dieser Wahnsinnigen zugrunde gehen.«

Ein lauter Knall ertönte.

Mit drei Schuss schoss Günter das Türschloss weg. Unzählige Holzsplitter verteilten sich auf dem Boden. Mit einem Fuß trat Günter nun die Tür ein und lief schnellen Schrittes hinein. Mit einem Blick erkannte er, wie der Förster dabei war, sich das Leben zu nehmen. Doch anscheinend kam er zu spät.

Regungslos baumelte sein Opfer in der Mitte des Raumes. Günter bückte sich, hob den Stuhl auf und stellte ihn neben den Tisch. Mit zwei Schritten stand er auf dem Tisch und vergewisserte sich, indem er nach dem Puls des noch warmen Leichnams fühlte, dass er tot war. Zufrieden sprang er wieder hinunter und zielte mit seiner Waffe auf Simon.

»Nur um sicher zugehen«, murmelte er mürrisch und schoss zweimal mit seiner Waffe in den Oberkörper. Wie im Wilden Westen hob er die Waffe zu sich an den Mund und blies den noch heißen Rauch von sich, bevor er die Waffe wieder sinken lies. Seinem hämischen Gekicher zufolge war er scheinbar zufrieden gestellt, drehte sich um und machte sich auf den Rückweg.

Kapitel 12

Herr Kubic stand vor Davids Einfamilienhaus, sah ungeduldig zur Eingangstür und fragte sich, wann David endlich herauskam. Seine Vorfreude auf seinen Kollegen und Freund war riesig. Heute war endlich der Tag, an dem David wieder die Arbeit antreten durfte. Drei schier endlose Monate waren nun schon vergangen, doch jetzt war es so weit. Nervös holte der Oberkommissar seine Zigarettenschachtel aus der linken Hosentasche hervor, griff hinein und zündete sich eine Zigarette an. Nach einer gefühlten Stunde, so kam es ihm vor, öffnete sich die Eingangstür endlich. Sammy, der Schäferhund schoss heraus und lief freudig mit dem Schwanz wedelnd auf ihn zu. Mit einem Satz sprang er ihn an und ließ sich am Kopf kraulen. Aber nicht lange. Vor Freude rannte er um ihn herum, um dann wieder zu David zu rennen, der gerade aus der Tür getreten war und Sammys Hundeleine in der Hand hielt. Nun hatte sich der große Schäferhund wieder völlig unter Kontrolle und hielt brav mit seinem Herrchen schritt.

»Hey Kumpel«, rief David ihm zu. Als er näherkam, breitete David beide Arme aus, um ihn dann etwas zu fest zu umarmen. Herr Kubic erwiderte die Umarmung kurz.

»Endlich bist du wieder da, es war schwierig ohne dich!« Der Polizist musterte David von Kopf bis Fuß.

»Gut siehst du aus, abgenommen hast du auch, hast du nichts zu essen bekommen im Krankenhaus und auf der Reha?«, fragte er verschmitzt.

»Kein Wunder, bei einem Brötchen zum Frühstück wird ja nicht mal ein Kind satt!«, antwortete David etwas entrüstet und strich sich über den Bauch.

»Aber keine Sorge, ich hole alles wieder auf, da kannst du Gift drauf nehmen«, rief er mit stolzgeschwellter Brust.

Sammy antwortete mit einem Bellen. Der Deutsche Schäferhund hatte ein glänzendes, goldenes Fell. Nur das rechte Auge zierte ein schwarzer Fleck, der sich sogar bis zu seiner Backe erstreckte. Seine lange Schnauze war pechschwarz.

»Macht es dir etwas aus, dass Sammy uns die nächsten Wochen begleitet? Nichts gegen dich, doch ich fühle mich etwas sicherer, wenn er dabei ist.«

»Ja gar kein Problem, die Fellnase darf gerne mit«, antwortete er.

Gemeinsam stiegen sie in das Auto und fuhren los. Sammy saß in der Mitte der Rückbank, sein Kopf kam von hinten hervor und war auf der Höhe der Handbremse. Er sah zwischen den beiden nach vorne.

Im Büro gab Herr Kubic David ein Update über alles, was während seines Krankenstands bisher passiert war. Sammy machte es sich unter Davids Schreibtisch gemütlich. Er schlief fast den ganzen Tag. Doch David beruhigte es, wenn er in seiner Nähe war.

Da einiges an Papierkram aufgearbeitet werden musste, denn das war nun wirklich nicht Michaels Stärke, blieben sie die nächsten Tage im Revier und arbeiteten alles der Reihe nach ab. Alte Fälle mussten zurück zu den Akten, einige Fragen des Staatsanwaltes mussten per E-Mail beantwortet werden, und und und.

Diese Arbeiten machte David tatsächlich am liebsten. Er war erst zufrieden, wenn alles fein säuberlich abgearbeitet und zu den Akten gelegt worden war.

Die erste Arbeitswoche verging wie im Flug. Als Herr Kubic sah, dass David immer noch ganz der Alte war, beschloss er, sich einige Tage Urlaub zu nehmen. Er musste dringend mal abschalten. Außerdem hatte er seinen Bruder Rene bestimmt schon seit fünf Jahren nicht mehr gesehen. Jetzt wurde es mal wieder Zeit.

Herr Kubic forderte David auf, dem Förster mal einen Besuch abzustatten. Dieser wollte sich eigentlich vorgestern schon melden. Auf mehrere Anrufe hatte er auch nicht reagiert.

Bisher war der Förster immer sehr zuverlässig gewesen.

»Kein Problem, morgen schaue ich zur alten Försterei, Sammy nehm ich mit. Mach dir keine Sorgen, das schaffe ich schon!«

Sammy hob den Kopf, als sein Name fiel. Auf einmal änderte sich jedoch das Verhalten von Sammy. Er schreckte auf, stellte sich an die Wand, bellte unaufhörlich und kratzte wild mit den Vorderbeinen gegen das kalte Gemäuer. Es dauerte einige Zeit, bis David seinen Hund beruhigt und er sich wieder unter Kontrolle hatte.

»Was ist denn mit dir los Sammy, so kenn ich dich ja gar nicht!«

Immer noch leicht winselnd, verzog sich der Hund wieder unter Davids Schreibtisch. Doch diesmal schloss er nicht die Augen, um zu schlafen, sondern lies seinen Blick immer wieder hin und her schweifen, als ob er etwas verfolgen wollte.

Die große schwarze Nase vibrierte sichtbar, die Ohren waren spitz aufgestellt. Den Schwanz bog er ängstlich an seinen Körper.

Nach etwa zehn Minuten beruhigte sich der Hund wieder vollkommen und er legte seinen Kopf auf den Boden, um ein Schläfchen zu machen.

Am nächsten Morgen fuhr David mit Sammy nicht in das Revier, sondern machte sich sofort auf den Weg zum Förster. Nach etwa einer dreiviertel Stunde erblickte er die alte Hütte, in dem der Förster ansässig war. Schon beim Aussteigen sah David, dass der Briefkasten fast überquoll von Werbezeitschriften. Einige Briefe lagen verstreut am Boden. Dieser war wohl schon einige Tage nicht mehr geleert worden. David machte das kleine grüne Gartentor auf, das laut quietschte, als er es zur Seite schob.

Einige Schritte fehlten noch bis zur Tür, doch er merkte jetzt schon, dass etwas nicht stimmte. Er sah, dass die Tür völlig zerschossen war. David machte sich auf, das Haus von außen zu begutachten. Er hatte gelernt, erst einmal die Gegend abzusichern, wenn er allein unterwegs war und Gefahr drohte. Als er zufällig durch das Wohnzimmerfenster hinein sah, stockte ihm der Atem. Sofort griff er mit seiner rechten Hand zu seiner Dienstwaffe. Sammy bellte besorgt laut auf. Er roch die Angst, die David in diesem Moment überkam. Mit der linken Hand zückte er sein kleines Funkgerät, forderte Unterstützung und einen Krankenwagen an. Noch immer sah er durch das Fenster, wie der Förster starr, aber leicht baumelnd in der Mitte des Zimmers hing. David betrat vorsichtig das Haus und stellte sicher, dass er alleine war.

Als die Unterstützung endlich eintraf, übernahmen seine Kollegen den Tatort, um alles aufzunehmen und Fotos zu machen. Danach konnte der Förster endlich von der Decke geholt werden und mit dem schwarzen Leichenwagen in Richtung Pathologie abtransportiert werden.

Auch David verließ den Tatort und ging mit Sammy zurück Richtung Auto. Da fiel ihm ein, dass auf Michaels Schreibtisch noch die Fotos lagen, die er kurz vor seinem Angriff auf dieser Lichtung gemacht hatte. Doch was sie bedeuteten, wussten sie immer noch nicht. David sah zu Sammy hinunter.

»Komm wir schauen uns nochmal die sieben Säulen an, vielleicht finden wir noch etwas mehr heraus.«

Sammy bellte kurz zweimal.

So machten sie sich auf, den schmalen Wildpfad entlang Richtung Wald hinein.

Endlich angekommen, sah David wieder das unheimliche Haus. Und diese Säulen. Gänsehaut machte sich von oben herab breit.

Sie gingen die sieben Treppen hinauf zum Haus, die Tür war verschlossen. David zückte ein kleines Dietrich-Set aus seiner linken Innentasche und wählte das für das Schloss geeignete Werkzeug aus. Es war ein schmaler, langer Draht, der sich dem Schlüsselloch automatisch anpasste und nach kurzer Zeit klickte es auch schon erfolgreich. Die Tür war geöffnet. Mit einem Knarren fiel sie ächzend zurück.

David griff zu seiner Dienstwaffe, diesmal wollte er nicht so überrascht werden. Kurz sah er zu Sammy hinunter, streichelte seinen wuscheligen Kopf und ging dann vorsichtig und leise hinein.

Nach einem kurzen Blick in den kurzen Flur, suchte er einen Lichtschalter. Doch es schien dort keinen Strom zu geben. Das verrieten ihm die Fackeln, die er sah. Keine davon brannte. Er griff sich eine dieser Fackeln, die in regelmäßigen Abständen an der Wand durch kleine Metallscheiben festgehalten wurden. David fummelte kurz in seiner Hosentasche, bis er das Feuerzeug ertastet hatte und machte mit diesem die Fackel an. Er ging vorsichtig weiter und stand nun in einer kleinen runden Aula, von dem drei Türen abgingen.

Die Mittlere wählte er zuerst aus. Als er hindurch ging, stand er in einem alten Wohnzimmer. In einer Ecke erblickte er einen alten Schreibtisch, mit einer Feder und wohl schon etwas älterem Papier, welches durch den Lauf der Zeit schon zu zerbröseln begann. Direkt gegenüber der Tür stand ein Röhrenfernseher und gleich daneben ein altes Sofa. Auf dem großen Deckel des überbreiten großen Fernsehers lagen etliche Videokassetten. Alle waren unterschiedlich mit einem schwarzen Stift beschriftet. Mit Namen und Datum.

Karl H. 03.02.2020 stand auf einem, Gertrude L. 05.03.2020 auf der anderen. David griff nach einer der unzähligen Videokassetten, las kurz den Namen Jassy, das Datum war der 10.07.2020, öffnete die Box und friemelte die Videokassette heraus. Mit einem suchenden Blick fand er den Schalter links unten am Fernseher und machte diesen an. Danach steckte er die Videokassette in den dafür vorgesehen Recorder, der gleich rechts neben dem Fernseher stand.

Als das Video zu laufen begann, wandte David seinen Blick nach einigen Minuten bestürzt und angewidert ab.

Ihm wurde leicht Übel, seine rechte Hand führte er schnell zu seinem Mund, um sie daran zu pressen. Er befürchtete, dass er sonst Erbrechen musste. Es half etwas. Unfassbar, was auf dieser Videokassette zu sehen war.

Die Videoqualität schien nicht die Beste zu sein. Das Bild wackelte, war verpixelt und rauschte. »*Haben die das mit einer Kartoffel aufgenommen oder was?*«, dachte sich David verdutzt.

Das Bild auf dem Bildschirm zeigte einen dunklen Raum, der nur schwach von ein paar alten Glühbirnen, die an der Decke hingen, beleuchtet wurde. Man erkannte fast nichts. Aufgeregt sah sich David die Aufnahme weiter an. Minuten lang passierte nichts. Doch nun vernahm man leise schwere Schritte von klebrigen Ledersohlen auf metallenem Boden, die immer lauter wurden und sich der Kamera immer weiter näherten. Ein lautes schweres Atmen durch eine Maske machte sich in Davids Ohren breit. Die Schritte verstummten, das Atmen durch die Maske war noch klar zu hören. David hörte, wie sein Sammy panisch zu bellen begann und beobachtete, wie er sich auf die Hinterbeine stellte, sich mit den Vorderpfoten an dem Fernseher abstützte und seine Zähne fletschte. Speichel sammelte sich zwischen Sammys Zahnräume und tropfte langsam an seinem Maul hinunter.

David versuchte abrupt, seinen Freund zu beruhigen. »Ruhig Sammy, ruhig!« Er streichelte ihm mit seiner rechten Hand durch sein weiches gold-braunes Fell. David griff in seine linke Hosentasche und holte eine kleine, gelbe Packung Hundesnack´s heraus, die er immer dabeihatte, wenn er mit Sammy Gassi ging.

Er schüttelte die Packung und kleine braune Happen aus Rind- und Schweinefleisch in Form von süßen Knochen sammelten sich in Davids Handfläche. Das Geräusch kannte Sammy nur zu gut. Sofort bellte er freudig und ließ von dem Monitor ab. Mit freudigen und dankbaren Äuglein beschnüffelte Sammy zunächst den Snack und schleckte anschließend Davids Hand vollständig leer. »Alles gut Sammy«, beruhigte er ihn. Zufrieden legte sich der treue Hund auf den Boden und blickte interessiert einem kleinen Zaunkönig hinterher, der auf dem Fenstersims saß und einen Regenwurm im Schnabel hielt. David erhob sich, streichelte nochmal Sammys Kopf und widmete sich wieder dem Video.

Abrupt wurde die Kamera angehoben. Die Kamera schwenkte so, dass David ein unglaublich entstelltes Gesicht sehen konnte. Ein Schauer lief ihm den Rücken hinunter, als er die blutverschmierte, blasse, vernarbte linke Gesichtshälfte mit dem stechenden grünen Stielauge erblickte. Die andere Hälfte war hinter einer ledrigen, dunkelroten Maske verborgen.

»Das Monster!«, schrie David und bekam dabei so einen Schreck, dass er sich vertrat und nach hinten umfiel. Er stieß sich dabei seinen rechten Ellenbogen an der Wand. Sammy setzte sich erschrocken auf und winselte besorgt, als er sein Herrchen am Boden liegen sah.

»Autsch so ein Mist«, schimpfte David. Sammy legte sich neben ihn und leckte die Schmerzen an seinem Arm.

»Alles gut Sammy, guter Hund!« David klopfte dem Hund ein paar Mal auf seinen Rücken und stand langsam wieder auf.

David hob seinen Arm, um seinen Ellenbogen zu prüfen, der wie verrückt schmerzte.

Ein paar Schürfungen übersäten den Ellenbogen. »Nochmal Glück gehabt!«, sagte David und wischte sich mit seiner anderen Hand den Speichel von Sammys Zunge an seiner Jeans ab.

David riskierte nochmal einen Blick in den Monitor.

Das Monster spazierte mit der Kamera durch den Raum und filmte so ziemlich alles, was sich in dem Raum befand. David wurde schlecht, als das Monster einen großen Leichenberg von jungen attraktiven Frauen filmte. Die Körper der Frauen waren teils zerstückelt und mit tiefen Wunden übersäht. Die Gesichter waren nicht mehr vorhanden, da die gesamte Haut an den Köpfen hässlich herausgeschnitten worden war. Nur die knochigen Schädel waren zusehen, in denen sich noch Zähne, Zunge und Augen befanden. Selbst die Haare waren noch vorhanden. David fiel sofort auf, dass alle Frauen Blondinen waren. Das Alter war nicht mehr feststellbar. Sie waren nackt und man konnte die sexuellen Misshandlungen durch Bloßes hinsehen sofort erkennen.

Das Monster schlich langsam und schlurfend auf den Totenberg zu.

Der Leichenberg bestand aus gut 10 Blondinen und war gut 1,50 Meter hoch.

Das Monster legte die Kamera auf den Boden und David sah, wie er auf den toten Frauen herumstieg und den Berg erklomm. Oben angekommen bückte es sich und griff wieder nach der Kamera. Das Monster packte mit der linken Hand den Kopf einer toten Frau. Er drehte ihn so zur Linse, dass David den blutigen Schädelknochen sah. Die blauen Augäpfel der Frau starrten David leblos an.

Bei dem Anblick wurde ihm noch etwas übler. Er hustete und atmete zweimal tief durch, um sich nicht erbrechen zu müssen. Er stellte an den Körpermerkmalen fest, dass sie nicht älter als 20 Jahre sein konnte. Das Monster packte unvorhersehbar mit aller Kraft den Unterkiefer des Mädchens und riss und schüttelte ihn so stark, dass der Knochen laut knackte und schließlich abriss. Der Körper des Mädchens klappte langsam zur Seite, bekam das Übergewicht, rutschte den Berg hinunter und knallte mit einem lauten Rumms auf den Boden. Dort angekommen, rollte das Mädchen durch den Schwung noch einmal nach links und blieb schließlich auf dem kalten Steinboden liegen. Das Monster hielt den kaputten Kiefer Knochen in der Hand. Blutunterlaufenes Fleisch hing fetzenartig von dem Knochen weg. Das Monster lachte genüsslich, holte mit der linken Hand aus und warf den Knochen so stark an die gegenüberliegende Wand, dass er unüberhörbar zersprang und sich die Brösel auf dem Boden verteilten. David sah schockiert zu.

Das Monster lachte, erhob sich und sprang mit einem Satz auf den Boden. Die Fließen erzitterten unter dem Gewicht des Wahnsinnigen.

Das Monster drehte die Kamera wieder auf das blonde Mädchen, das verkrüppelt auf dem Boden lag. David sah, wie das Monster nach unten griff, ihre Haare packte und nach oben zog.

Die Kamera wurde wieder zu Boden gelegt, so dass David mitverfolgen konnte, was er dem toten Mädchen antat. Es packte mit beiden Händen kräftig die Hüftknochen des Mädchens und der Oberkörper der Leiche fiel leblos nach vorne um.

Das, was David nun sah, ließ ihm das Blut in den Adern gefrieren. Er drehte sich beschämt vom Bildschirm weg und hörte nur das laute Stöhnen des Monsters, wie es sich an der Leiche beglückte.

»Dieses kranke Arschloch«, schrie David.

Ganze 30 Minuten war das Monster mit der Leiche beschäftigt. Als es endlich von dem Mädchen abließ, ließ er ihren Körper achtlos fallen und ihr Körper prallte laut auf den Boden auf.

Er grinste frech in die Kamera. Wutentbrannt schlug David mit der Faust so stark gegen die Wand, dass die Haut an seinen Knöcheln aufplatzte und zu bluten begann.

Unterdessen filmte das Monster, wie es an einen rostigen Tisch herantrat. Es öffnete quietschend eine Schublade, in der sich bereits mehrere dicke schwarze Spinnen angesiedelt hatten.

Er nahm sich ein Stück weißes Pergament heraus und breitete es vorsichtig auf dem Tisch aus. Mit seinem Zeige- und Mittelfinger, an denen noch das feuchte Blut des Mädchens klebte, malte er irgendetwas auf das Pergamentpapier.

David konnte es zunächst nicht erkennen, doch dann hob das Monster das Kunstwerk in die Kamera. »DU BIST DER NÄCHSTE!! NOCH 7 METER!« stand darauf.

Kapitel 14

David erschrak höllisch, als er das las. Er bekam es mit der Angst zu tun.

»Sammy, los wir gehen!« Sammy spitzte seine Ohren und sprang hechelnd auf.

David guckte sich besorgt um, die Luft schien rein zu sein. Doch gerade als die beiden die Tür verlassen wollten, schaute David ein letztes Mal zurück auf den Bildschirm und er sah, wie sich das Monster einer gut 4 Meter hohen morschen Leiter näherte und sie langsam bestieg. Die Sprossen der Leiter klapperten bei jedem Schritt, den das Monster tat. Oben angekommen öffnete es eine kleine Luke. Das Monster kletterte hinaus und stand in einem großen Waldstück. »Sitz. Platz, Sammy!«, forderte David seinen Hund auf und dieser gehorchte sofort. David sah nochmals interessiert auf den Fernseher und begutachtete das Spektakel. Das Monster ging ein paar Schritte und man erkannte eine kleine Hütte im Wald. Das Monster ging auf die Hütte zu und war nun nur noch ca. 7 Meter davon entfernt. Versteckt im Unterholz, richtete es die Kamera auf die kleine Hütte und filmte sie. Sammy spürte eine Präsenz und begann panisch und aufgeregt zu bellen und zu knurren. »Was ist denn los?«, fragte David besorgt.

Und im Augenwinkel sah David im Bildschirm, dass in der Hütte vor der das Monster stand und filmte, ein junger Mann in Polizeiuniform und ein Schäferhund am Ende eines Flures im Türrahmen standen ...

Auf der Stelle wirbelte David herum und ging Richtung Eingang, er konnte und wollte es nicht glauben. Sie wurden beobachtet und live gefilmt. Er zückte sofort seine 9mm Beretta und zielte in den Wald. Doch er konnte niemanden erblicken.

Schwarze, dicke, wassergetränkte Wolken zogen auf und bedeckten den noch zuvor blauen Himmel. Die Temperaturen fielen abrupt auf 7,5 Grad ab. Der laute kalte Wind zischte laut durch die hohen Bäume und durch das ästige Gestrüpp über Davids Kopf hinweg. Nebel zog auf. David zuckte mit der Hand aufgeregt umher, er konnte seine Pistole kaum ruhig halten. Sein Puls stieg ins Unermessliche. Sammy bellte wild geworden einen großen, spitzen Felsen an, der zwischen den Bäumen auf einer Stelle im Gras stand. Es war, als spürte Sammy dort etwas. David ging mit langsamen Schritten die hölzerne Treppe hinunter. Bei jedem Schritt knarzte und ächzte das alte gebrechliche Holz unter seinen Füßen. Schritt für Schritt begab er sich langsam in den Wald. Sammy machte einen Satz und sprang von der obersten Treppenstufe ab und kam gut 2 Meter vor David mit seinen 4 Pfoten auf dem kalten Boden auf.

Sammy fletschte seine weißen Reißzähne und bellte und jaulte wie ein Wolf im Licht des Vollmondes.

»Wer ist da?«, schrie David schwitzend, »ich bin Polizist! Kommen sie mit erhobenen Händen heraus oder ich werde auf sie schießen!«

Doch niemand folgte seinem Befehl. Sammy begann sich langsam, aber sicher zu beruhigen, senkte seinen Kopf und schnüffelte interessiert mit seiner pelzigen, schwarzen, feuchten Nase auf dem Boden umher. David betrachtete das Gras.

Es war an vielen Stellen von großen Schuhen abgeknickt worden. Er schaltete seine kleine braune LED-Taschenlampe ein, da sich der Nebel im hohen Tempo verdichtete. Er ging in die Hocke und untersuchte die Spuren. Er setzte seine Füße in den Abdruck und stellte fest, dass seine Schuhe etwa 6 cm kürzer und 2 cm schmaler waren. Er kniete sich auf den feuchten Boden und fühlte die Kälte und den Matsch der sich in seine Hose saugte und ein kaltes nasses Gefühl an seinen Knien hinterließ. Er verfolgte mit seinen Augen die Spuren und sah entfernt, dass das Monster am Waldrand herumschlich, dort kurz stehen blieb, nur um dann im Nebel zu verschwinden.

Plötzlich fing der Hund an, zweimal kurz zu bellen, um auf sich aufmerksam zu machen.

»Was ist denn Sammy? Hast du was gefunden mein Freund?« Sammy hatte etwas im Maul. David konnte es zunächst nicht erkennen. Es war Silber und sah metallisch aus. »Aus Sammy!« Der Hund folgte seiner Bitte, öffnete sein Maul und etwas fiel zu Boden. David griff nach dem schmutzigen, stinkenden Gegenstand. Es war eine Videokamera. David stellte schnell fest, dass sie immer noch ein Video aufnahm.

»Es wurde nicht auf Pause gedrückt. Warum?« Er sah, dass der Akkustand, der sich rechts oben in der Ecke im Display befand, im roten Bereich lag. 5% waren zu erkennen. Aufnahmelänge 1 Stunde und 13 Minuten. David wusste nicht so recht, was er damit anfangen sollte. Er drückte mit seinem rechten Zeigefinger auf die große runde Taste, die sich auf der rechten Oberseite des Gehäuses versteckte.

Die Aufnahme brach ab. »Film wird gespeichert.« »Speichern nicht möglich, keine SD-Karte vorhanden«, erschien im Display. David schüttelte verwundert den Kopf.

Der kalte Nebel hatte sich mittlerweile so tief und dicht in dem Wald verteilt, dass es unmöglich war, den Wald sicher zu durchqueren. David schaute auf seine silberne Mugarta-Armbanduhr, die sich an seinem linken Handgelenk befand. 18:57 Uhr zeigte das verkratzte Glas der alten Uhr.

Ein Summen machte sich in Davids Ohr breit. Leise, aber nicht unüberhörbar. Eine dicke, hässliche, haarige Fleischfliege flog knapp an seinem Ohr vorbei und setzte sich auf seinen schmutzigen rechten Oberarm. David schüttelte seinen Arm, doch die Fliege blieb darauf unbeeindruckt sitzen. Sie starrte ihn mit ihren Facettenaugen an, wackelte ein paar Mal mit ihren Flügeln, summte dabei kurz auf und saugte mit ihrem Rüssel den Schweiß von seinem Arm. Eine weitere Fliege gesellte sich dazu, dann noch eine. Er hörte einen summenden Fliegenschwarm auf sich zu kommen. David schrie höllisch auf. Tausende Fliegen steuerten ihn mit hohem Tempo an und verteilten sich in kurzer Zeit auf seinem gesamten Körper. David wurde nervös, er schob die Fliegen mit kräftigem Druck von seinem Arm, doch es half nichts. Sie machten es sich sofort wieder auf seiner Kleidung bequem.

Er schlug wild um sich, er spürte wie seine Haut an seinen nicht mit Kleidung überzogenen Armen unter den tausenden Fleischfliegen zu jucken und kratzen begann.

Es war furchtbar, er wälzte sich auf dem Boden, doch die Fliegen setzten sich immer wieder auf ihn.

Plötzlich begann Sammy zu winseln und legte sich voller Angst zusammengekauert auf den Boden. Ein ekelhafter, blutiger mit kotbedecktem Schweißgeruch machte sich in Davids Nase breit. Der Geruch war so penetrant, dass seine Nase zu brennen begann. Bei dem Gestank wurde es David, der auf dem Boden vom Juckreiz gefoltert wurde, schwummrig und es würgte ihn mehrmals. Sammy bellte, schnell sah David nach links.

Er erkannte gerade noch schemenhaft einen Arm, dann wurde es dunkel.

Nach einem gewaltigen Schlag auf den Nacken sackte er augenblicklich bewusstlos zusammen.

Sein Kopf schlug ungebremst auf dem Boden auf.

Über dem rechten Auge platzte die Haut auf.

Etwas Blut floss an der rechten Backe hinunter.

Kapitel 15

Sammy setzte sofort zum Angriff an.

Er sprang hoch und packte den Unterarm des Angreifers.

Mit lautem Knurren, biss sich der Hund dort fest. Das Monster versuchte, ihn abzuschütteln, doch vergeblich.

Er setzte seinen Kopf zurück, um ihn dann mit Geschwindigkeit nach vorne in Richtung des Hundekopfes zu schleudern.

Ein lautes Knacken ertönte, als sich die Köpfe trafen.

Sofort lies der Hund von ihm ab und fiel benommen zu Boden.

Mit wackeligen Beinen und leise winselnd suchte Sammy orientierungslos sein Herrchen. Als er ihn erschnüffelte, legte er sich neben dem Bewusstlosen nieder.

Eine Pfote streichelte sanft Davids blutverschmierte Wange und David kam langsam wieder zu sich. Er vernahm ein schweres Atmen, dass klang, als würde jemand durch eine metallene Maske atmen. David bekam mehr Angst, als er je zuvor gespürt hatte.

Der Polizist sah, wie ein riesiger vernarbter Mann mit lautem Stampfen herantrat. Die Fliegen in Davids Gesicht bedeckten seine Augen, so dass er kaum etwas erkennen konnte. Er sah, dass der Mann einen riesigen gezackten Hammer aus Stahl hinter sich herzog. Der Hammer hinterließ durch das Gewicht tiefe Furchen und Schleifspuren im Boden.

Das Monster besaß mehrere Löcher im Brustkorb sowie im Bauch, in denen Nägel mit unvorstellbarer Kraft hineingeschlagen worden waren. Es trug nur eine zerrissene, graue Hose, an der am linken so wie am rechten Beinende weiße Leuchtstreifen angebracht waren. An einigen Stellen wurde die Hose faul und lustlos zusammengenäht.

Das Monster stellte sich mit dem rechten Bein, auf die Brust des am Boden liegenden Polizisten. David spürte den Schmerz sofort, das Wesen musste unmenschliche Kraft besitzen.

Das schwere Bein schnürte ihm die Luft ab. Er versuchte mit aller Kraft das Bein mit seinen Händen wegzuschieben, aber er hatte keine Chance.

Seine Kräfte schwanden. Seine Lunge fühlte sich drückend und zusammen gepresst an. Nur kurze quengelnde Atemzüge waren ihm noch möglich.

Er begann zu ersticken.

Sammy schien keinerlei Bewegungen mehr von sich zu geben. Noch ehe ihm die Luft abschnürte, wurde ihm schwarz vor Augen und David schlief vor Erschöpfung ein.

Durch eine starke Erschütterung wurde er wieder geweckt, doch er war immer noch geschockt und benommen. Er konnte nur wenig wahrnehmen, was um sich herum geschah. Er merkte, dass er von etwas oder jemanden an seinen beiden Armen gezogen wurde.

David konnte nur schwer Luft holen. Seine Lungen brannten bei jedem Atemzug wie Feuer. Ein gewaltiger Druck lag auf seinen Ohren, er hörte alles nur sehr dumpf.

Sein Kopf schmerzte. Er war zu schwach, sich zu bewegen.

Mit verschwommenem Blick sah er sich um.

»Wo bin ich? Was ist passiert?«

David hörte nur ein böses Grunzen und ein lautes Atmen durch eine Maske.

Er konnte nicht schreien, da seine beiden Lungenflügel schmerzten. Er keuchte und sah sich völlig erschöpft um. Er wurde durch eine Art Tunnel gezogen. An den Wänden, die nur schwach beleuchtet waren, stellte er einige große Furchen und Risse im Beton fest und eigenartige Zeichnungen, die an die Mittelalterzeit erinnerten. Die Zeichnungen zeigten mehrere Bilder von schmerzerfüllten Kindern, die an verschiedenen Foltergeräten angebunden waren. Jedes Bild erzählte seine eigene Geschichte. Doch jedes hatte eines gemeinsam, eine dunkle, dünne Kreatur mit langen Armen und Beinen. Sie war auf jeder Zeichnung zu erkennen. Der Boden, über den er gezogen wurde, war kalt und glitschig. Einige Ratten und Mäuse hatten es sich in den Spinnweben überzogenen Ecken gemütlich gemacht. Es stank nach vermodertem altem Holz und Schimmel. Als das Monster mit David im Gepäck in einen Seitengang abbog, hörte David eine leise nicht zeitgemäße Musik, die sich in seinen Ohren breitmachte. Die Musik erinnerte ihn an Klassik, nur viel hässlicher und verzerrter. Er konnte zunächst nicht feststellen, woher sie kam, doch nach einigen Metern sah er eine offene Eisentür, hinter der sich ein Zimmer befand. Seine Sicht wurde immer klarer und er erkannte einen alten, gebrechlichen Mann, der im Zimmer saß und mit beiden Füßen an einem Tisch angekettet war. Dieser seltsame Mann summte die Melodie nach, die aus einem uralten Plattenspieler kam, welcher links neben ihm auf den Tisch stand.

Die ganzen Wände in dem Zimmer waren ebenfalls von eigenartigen Zeichen übersäht. Jedoch nicht mit Bildern, sondern teilweise mit wirren Worten. David konnte nur eines davon entziffern. »ER BEOBACHTET IMMER! KEINE AUGEN!« Daneben war eine Kreatur gemalt mit langen Gliedmaßen und einem »X« an den Stellen, an denen eigentlich die Augen sein sollten.

Noch bevor David weiter darüber nachdenken konnte, was er sah, fielen ihm seine Augen vor Erschöpfung wieder zu.

Das Monster zog den bewusstlosen David noch immer hinter sich her. Es schlug mit seiner rechten Hand eine verschimmelte Holztür auf und zerrte David mit einem Ruck in den Raum. Er hob ihn auf und nahm David auf seine Schultern. Das Monster näherte sich einem silbernen rostigen Haken, der sich an der Decke in gut 2 Meter Höhe befand. Er packte mit seiner linken Hand eine braune hölzerne Kurbel, die sich rechts neben einer weißen Betonsäule befand und drehte den Griff der Kurbel langsam nach links. Der Haken wackelte an der Decke ein paar Mal hin und her und glitt dann langsam und quietschend an einer grauen Kette nach unten. Das Monster bückte sich, nahm den Haken in die Hand und stach ihn mit aller Kraft in die Sohle von Davids rechtem Schuh. Die Spitze durchbohrte das Leder der Sohle und das Monster quetschte den Haken weiter durch den Schuh. Die Spitze durchstieß die Haut des Fußes und schließlich das Fleisch, bis sie die obere Schicht des Schuhes und die Schuhbändel durchbrach. Davids Blut floss in den Schuh und quoll durch die Löcher, die der Haken verursachte. Das Blut tropfte auf den Boden und hinterließ eine gewaltige rote Lache auf den weißen Fliesen.

Das Monster ließ von dem Polizisten ab und nahm erneut die Kurbel in die Hand.

Er drehte den rostigen Griff nach rechts und die Kette zog David langsam nach oben. Das Gewicht Davids riss ein riesiges Loch in seinen Fuß. Knacksen und brechen von Knochen war zu hören, als David langsam in die Höhe gezogen wurde.

Schließlich hing David bewusstlos und kopfüber an der Decke.

Das Monster starrte ihn zufrieden an. Nach ein paar Minuten verließ es mit stampfenden Schritten den Raum und schloss die dreckige Holztür, die außen mit der Zahl 6 beschriftet war, hinter sich ab.

Kurze Zeit später kam er wieder zurück und warf den immer noch winselnden Hund ebenfalls in den Raum.

Der Hund wurde am Hals mit einem eisernen Halsband gefesselt, welches von der Decke baumelte.

Noch etwas benommen zappelten die Hinterbeine unkontrolliert umher, in der Hoffnung, Boden zu erreichen.

Das Monster ging weg, kam aber nach kurzer Zeit wieder. Diesmal mit einem kleinen, schwarzen Koffer in der Hand. Er ließ sich unter dem Hund im Schneidersitz nieder und sah zu ihm hinauf. Seinen, durch den Hund verletzten Arm, führte er dabei zu seinem Gesicht. Den Blick stetig auf Sammy gerichtet, leckte er genüsslich seine Wunde ab.

Den Koffer legte er neben sich ab und wandte nun seinen Blick konzentriert dem Koffer zu. Langsam öffnete er ihn.

Im schalen Licht, das von einer alten Fackel links in der Ecke kam, blitzte altes Werkzeug auf.

Folterwerkzeug.

Er nahm einen zehner Skalpell in die Hand.

Beide Skalpellseiten benässte er mit seiner herausgestreckten Zunge und stand dabei langsam wieder auf.

Tief in die Augen des Hundes blickend, führte er das Skalpell zum Rücken des Hundes und setzte an.

Sofort hallte ein elendes Fiepsen durch den Raum.

Mit der freien linken Hand hielt er das teils abgezogene Fell des Hundes, damit es nicht über seine Schnittspur lappte.

Als das Winseln des Hundes unerträglich wurde, packte er diesen an seinem Hals. Sofort und wohl voller Angst, verstummte Sammy sofort.

Als das Monster mit dem lebendigen Häuten des Rückens fertig war, hielt er den Felllappen stolz wie eine Trophäe in die Höhe.

Es war sichtlich erfreut.

Das Skalpell warf es schwungvoll wieder in Koffer, bückte sich kurz und griff nach einer kleinen Säge. Er packte den herabhängenden Schwanz des Hundes und setzte an. Wieder heulte der Hund laut auf.

Bevor er den Schwanz abtrennen konnte, wurde das Monster durch ein seltsames Geräusch abgelenkt. Abrupt drehte sich das Monster um und sah zu David, der kopfüber hängend versuchte, etwas zu sagen.

Mit einem Grinsen trennte das Monster den Schwanz mit einem Ruck ganz ab und warf diesen in Richtung David. Geschockt blickte dieser den Stummel an, der vor ihm aufklatschte. Das Monster lachte laut auf. Die Säge ließ er einfach fallen und suchte sich ein Beil aus.

Er setzte diese an den Hals von Sammy an und blickte dabei zu David rüber.

Hämisch machte er vor Sammy mit seinem linken Zeigefinger drei imaginäre Kreuze, rief Amen und hob zum Schlag an.

David schloss gewaltsam die Augen.

Einige Sekunden später hörte er ein flatschendes Geräusch und ein dumpfes Aufknallen.

Danach herrschte Stille.

Als er seine Augen wieder öffnete, sah er nur noch den kopflosen Leichnam seines geliebten und treuen Hundes.

Sofort spürte er tiefe Trauer und zugleich Wut.

Einige Tränen kullerten langsam an seinem Gesicht hinunter.

Das Monster beobachtete ihn genüsslich und kickte den Kopf des Hundes zu ihm herüber. Danach reinigte es seine gerade gebrauchten Werkzeuge langsam mit einem beiliegenden Tuch. Sorgfältig packte es seinen Koffer wieder zusammen und brachte ihn hinaus.

Nach einigen plagenden Stunden erwachte David wieder mit höllischen Kopfschmerzen.

Benommen sah er sich um. Sein Blick blieb an seinen Beinen hängen. Er sah Blut aus seinen Schuhen tropfen.

»Verdammtes Arschloch.«

Er griff mit seiner rechten Hand zu seinem Bein und versuchte, den Haken aus dem Fuß zu ziehen. Vor Schmerzen schrie David auf, doch es half nichts. Entkräftet sah sich David mit raschen Blicken im Raum um. Er war offenbar nicht der Einzige, dem dieses Schicksal ereilte. Mehrere leblose Körper hingen in den Ecken eingepackt in weißen Leinentüchern regungslos herum.

»Hallo kann mich jemand hören?«, rief David panisch, doch er bekam keine Antwort. Es war stickig in dem Raum. Es roch nach Blut und Schweiß.

David griff nochmals nach seinen Beinen, doch die Schmerzen hinderten ihn daran, etwas an seiner Lage zu verändern.

»*Was mach ich jetzt nur?*«, fragte er sich, doch dann bemerkte er etwas Silbernes in einer hängenden Leiche gut 2 Meter vor ihm im Bauch stecken. David begutachtete es mit zusammen gekniffenen Augen. Es war ein Messer, mit einem schwarzen Griff. Er streckte seinen rechten Arm aus und versuchte, verzweifelt an das Messer zu kommen, aber es schien vergeblich zu sein. Er schaukelte ein wenig hin und her, um mit dem Schwung das Messer greifen zu können, doch er verfehlte nur knapp. Sein Fuß schmatzte und knackste bei jeder Bewegung. David begann durch die schlimmen Schmerzen zu schwitzen. Mit starkem Willen biss er erneut die Zähne zusammen und startete einen letzten Versuch, den schwarzen Griff zu packen.

»Ja, ich hab es!«, keuchte er erfreut. Er packte den Griff mit beiden Händen und riss die blutige Klinge mit einem Ruck aus dem Leichnam. Im ersten Moment wusste er jedoch nicht, was er nun mit dem Messer anfangen sollte.

Er blickte an die Decke und bemerkte erst jetzt, dass der Haken an einer Kette befestigt war, die 15cm aus der Decke hervorstach.

»*Einfach durch schneiden ist wohl nicht. Dafür sind die Glieder zu dick!*«

»*Moment ich hab doch immer mein Feuerzeug dabei*«, fiel es ihm ein. Er griff in seine rechte Hosentasche und zog ein kleines orangefarbenes Feuerzeug heraus. Mit schmerzerfüllten Augen drehte er das kleine schwarz-silberne Rädchen, um das Feuerzeug zu entfachen.

Mit einem Klickton sprang aus dem Loch eine kleine Flamme heraus. Er hielt das Messer über die Flamme und glitt mit dem Feuerzeug über die Seiten der Klinge. Nach guten zehn Minuten verfärbte sich die Klinge an den heißen Stellen erst orange, dann rot.

»*Perfekt*« Er zog seinen Oberkörper ein Stück nach oben und schnitt langsam das Ende der Kette durch. Das Metall der Glieder begann zu dampfen und zu schmoren, doch nach einiger Zeit schaffte er es. Die Klinge hatte sich durch das Metall gearbeitet und David fiel unkontrolliert zu Boden. Ein lautes Knacksen war zu hören. Er brach sich beim Aufprall die Schulter. Doch durch die Angst und das Adrenalin, dass durch seinen Körper schoss, spürte er nichts.

David erhob sich langsam und sah sich seinen vor Blut tropfenden Fuß genauer an. Er packte mit beiden Händen den schweren, eisernen Haken und versuchte, ihn langsam herauszuziehen. David schrie kurz vor Schmerzen auf, doch der Haken steckte zu fest.

»Verdammt! Wie komme ich jetzt raus?« David ging mit langsamen Schritten zu der rostigen alten Tür. Der Haken polterte bei jedem Schritt über den Boden und riss dabei einige Furchen in die weißen Fliesen. Er nahm den schwarzen Türgriff in die Hand, drückte ihn bis zum Anschlag hinunter und rüttelte an der Tür. Er war eingeschlossen. Voller Panik sah er sich im Raum um.

Er sah einen kleinen grauen Metalltisch, der in der Ecke stand, keine Fenster, keine weitere Tür. Nur diese verdammten, eingehüllten, verrotteten Leichen, die an der Decke vor sich hin stanken. »*Vielleicht finde ich etwas auf dem Tisch*«, dachte er sich und humpelte in die hinterste Ecke des Raumes.

Einige seltsame Werkzeuge lagen ordentlich nach der Größe sortiert, in einer Reihe darauf. Er nahm einen Ring in die Hand und begutachtete ihn, mit zitternden Fingern. Er hatte ungefähr einen Durchmesser von 20cm und einige spitze Zacken, die sich um den Ring herum, aneinander reiten. Außen am Ring war eine 30cm lange Kette befestigt, an der am anderen Ende ein weiterer kleinerer Ring befestigt war.

»Wofür sollte das nur gut sein?« Verdutzt legte er das eigenartige Instrument auf dem Tisch ab. Auf einmal stach ihm etwas ins Auge. Eine braune Schatulle, verziert mit grünen und roten Steinchen. Er hoffte, darin einen Schlüssel zu finden, der ihn in die Freiheit bringen sollte. Sie war nicht verschlossen. David hob den Deckel an. Quietschend öffnete sie sich. Ein gefalteter Zettel lag darin und ein kleines schwarzes Buch. Es schien ein Notizbuch zu sein. David griff in die Schatulle und nahm beides heraus. Er öffnete das Buch. Es roch vermodert.

»Muss schon ein paar Jahre alt sein, dem Geruch nach zu urteilen.« Interessiert blätterte er sich durch das Buch. Doch alle Seiten waren leer. Es stand auch nichts auf dem schwarzen Einband. Nach längerem Begutachten, sah er, dass eine Seite in der Mitte leicht eingerissen war. *»Ein Hinweis?«* Er schlug die kaputte Seite auf. Ein Text stand darin und sofort machte er sich ans Lesen.

Tagebucheintrag 27 August 1964

Meine Schwester, meine kleine Jennifer.
Wo bist du nur?
Entführt wurdest du aus deinem eigenen Bettchen.

Das Einzige, was wir vorfanden, war ein kleines schwarzes Stück Stoff, auf dem Kissen. Es fühlte sich an wie Baumwolle, aber irgendwie rauer und dicker.

Jennifer kam in der Nacht in mein Zimmer und schrie aufgeregt: »Der Nebelmann ist da draußen!«

Ich fragte sie, worüber sie sprach und sie erzählte etwas Verwirrendes, von einer dunklen Gestalt ohne Gesicht im Garten, die vor ihrem Fenster stand. Sie sagte, dass dieses Wesen aus dem nahen gelegenen Schwarzwald kam.

Ich dachte mir zunächst nichts dabei, nur ein böser Traum, aber nun ist sie weg!!

Es tut mir so leid meine Schwester!

Ich hätte dir glauben sollen. Möge Gott mir vergeben!

Ich liebe euch

Franz

Verwirrt versteckte David das Büchlein in seiner Hose.

Er griff nach dem gefalteten Zettel, der noch immer vor ihm auf dem Tisch lag und öffnete ihn. Es schien eine Art Karte zu sein.

Die Karte schien ein Wegweiser zu einem Geheimgang zu sein, der in die Freiheit führte. Der geheime Ausgang war, laut Zeichnung, eine versteckte Falltüre im Boden, die auf dem höchsten Berg hier im Wald lag.

Der Weg dorthin verlief unterirdisch durch das Anwesen, in der David festsaß und endete in einem Raum, der sich »Pathologie« nannte.

Davids Hoffnung stieg und er fasste den Entschluss, um jeden Preis zu fliehen.

Doch ehe er weiter die Karte begutachten konnte, hörte er schwere Schritte, die sich der Tür näherten.

123

Davids Atem stockte, er bekam es mit der Angst zu tun, Gänsehaut machte sich auf seinem gesamten Körper breit.

»Scheiße was jetzt!« Er suchte, mit Adrenalin vollgepumpt, nach einem Ausgang und bemerkte einen Lüftungsschacht, der sich an der Decke über dem Tisch befand. Unter dem Lüftungsschacht befand sich ein Bild, mit diesem entstellten Gesicht. Oberhalb vom Bild prangte in kleinen goldenen Buchstaben der Name: Urian.

Die Schritte wurden immer lauter. Eilig stellte er sich auf den Tisch, griff nach dem Lüftungsschacht und zog sich mit aller Kraft nach oben. Sein verletzter Fuß blutete dabei den gesamten Tisch voll und noch dazu hinterließ er eine Blutspur an der Wand. Es war stickig in dem Schacht und David beobachtete die Tür, in der gerade ein Schlüssel ins Schloss gesteckt wurde. David begann zu zittern, als das Monster, den Raum mit einem riesigen Hammer in der Hand betrat.

»Scheiße ich muss weg hier!« Leise und mit größter Vorsicht, robbte er sich durch den gefühlt endlosen Schacht.

Urian stand in der Tür und bemerkte sofort, dass etwas nicht stimmte. »Wo ist dieses fleischige, hmm leckeres Schwein?«, schrie er, lachte dabei und sah sich in dem Raum um. Mit schweren Schritten näherte er sich dem Tisch und leckte das Blut darauf genüsslich ab.

»Hmm schmeckt!« Urian blickte auf die Blutspur, die in den Lüftungsschacht steuerte.

Urian holte mit gewaltiger Kraft und endlosem Hass mit seiner riesigen Hand aus, formte sie zu einer Faust und schlug so stark gegen die Wand, dass ein gähnendes Loch zurückblieb. Urian bekam einen Zitteranfall vor Hass und Zorn. Sein Kopf zuckte dabei stark. Wütend stampfte er hinaus.

»Ich finde dich du Schwein! Du kannst dich vor mir nicht verstecken!« Urian lachte wie ein Verrückter durch seine Maske und verließ den Raum schnellen Schrittes.

David robbte immer weiter, bis er mit starkem Blutverlust und Kreislaufproblemen im Schacht erschöpft liegen blieb.

»Wird es hier so enden? NEIN! Niemals! Nicht mit mir, ich werde es schaffen! Diesen verdammten Bastard, werde ich umlegen!«

Endlich kam er mit letzter Kraft und höllischen Schmerzen am Ende des Schachtes an und blickte von dort in den Raum, in den der Schacht führte.

»Ein Labor?«, fragte er sich und sah sich um.

Mehrere Tische standen dort herum. Die Wände waren vollgekritzelt mit seltsamen Nachrichten. HOLT UNS HIER RAUS, ES IST EIN MONSTER, stand dort.

Daneben eine riesige Kreatur gezeichnet, mit langen Armen und Beinen. Die Kreatur besaß unzählige

Arme, die nur darauf zu warten schienen, jemanden zu greifen und schließlich zu töten. David sprang in den Raum und schrie vor Schmerzen auf, als sich der Haken beim Aufprall weiter in den Fuß bohrte.

Die Wunde begann langsam eine eitrige Flüssigkeit abzugeben.

David erlitt schreckliche Qualen. Er blieb einen Moment lang liegen, konnte sich jedoch am Tischrand hochziehen.

David war erstmal erleichtert, dass Urian ihn noch nicht gefunden hatte. Er wusste nicht, dass ihm Urian schon viel näher war, als er es sich vorstellen konnte.

Auf den Tischen im Raum standen Mikroskope, an den Wänden befanden sich Schränke mit Medizinfläschchen, wahrscheinlich Proben von Kranken und einige leerstehende Betten. Hier schien schon lange niemand mehr gewesen zu sein.

Der Raum war größtenteils von Spinnweben übersäht. *»Dass muss das Pathologiezimmer sein, was auf der Karte zu sehen war.«* Er entdeckte neben einem Mikroskop einen Zettel:

Forschungsstand 29. Oktober 2020
Regeln der Überwachung von Gefangenen:

Die Forscher und Folterer müssen stets die folgenden Regeln einhalten:
- Die Gefangenen müssen 24 Stunden am Tag überwacht werden.

- Überwachen Sie das Verhalten und achten
  Sie auf Veränderungen; notieren Sie alle 10
  Minuten den aktuellen Status.
- Entsorgen Sie sofort alle Gefangenen, die zu
  keiner Untersuchung mehr fähig sind.

»Was haben die hier fabriziert? Was meinen die mit ´Entsorgen´?«

David schüttelte den Kopf und nahm einen weiteren blutigen Zettel vom Tisch:

Brief eines Gefangenen

Liebe Mami,

weiß nicht, ob du das je lesen wirst, aber ich brauch dich. Sie nennen uns Gefangene. Sie foltern uns jeden Tag. Jeden Tag.

Wofür hab ich das verdient? Warum passiert das?

Es tut so weh. Jeden Tag habe ich Angst, was als nächstes passiert. Gestern haben die Leute meinen Freund Patrick frei gelassen. Sie haben mir gesagt, dass er die Freiheit bekommen hat, aber ich glaube ihnen nicht.

Mami bitte, bitte hilf mir.

Ich liebe dich,

Susanne

Erschüttert setzte sich David auf den Boden.

»Die Bastarde haben hier Kinder gefoltert! Wohin haben sie die Kinder entsorgt?«

David raffte sich auf und humpelte weiter durch den Raum. Plötzlich stolperte er über etwas, das auf dem Boden lag. Eine Art Gullydeckel, der im Boden eingelassen wurde. David glitt mit der Hand über den Gullydeckel und hob ihn zur Seite. Er war klebrig und als er registrierte, dass seine Hand dabei feucht und rot wurde, hörte er Fliegen unterhalb des Gullydeckels in Schwärmen herumfliegen. Ein fauliger erbrochener Gestank glitt ihm in die Nase.

David wurde es übel. Schnell schob er den Deckel wieder zurück und sah sich suchend im Raum um.

Er entdeckte drei Spinde, die wahrscheinlich den Forschern zur Ablage ihrer Kleidung dienten.

Er humpelte darauf zu.

Sein Puls begann zu rasen, als er bemerkte, dass zwei Spinde, jeweils mit einem rostigen Zahlenschloss verschlossen waren. Er ging auf den Dritten zu und legte seine gesamte Hoffnung in den letzten Spind. David hatte Glück, der Spind öffnete sich und der Verletzte stieg hinein und schloss die Schranktür leise hinter sich. Zusammengekauert beobachtete David den Gullydeckel aus den Schlitzen des Schrankes. Ihm war schlecht vor Aufregung.

Sein Herz schlug schneller, als der Gullydeckel aus der Verankerung im Boden herausgerissen wurde und sich langsam anhob.

Der Teufel in Verkleidung, Urian trat aus dem Boden in den Raum.

David fing am ganzen Körper an zu zittern.

Ein gewaltiger Fleischfliegenschwarm umgab das Monster.

David konnte seinen Geruch bis in den Schrank wahrnehmen. Er versuchte flach und ruhig zu Atmen, in der Hoffnung nicht von Urian entdeckt zu werden. Urian schlich im Raum herum, seinen Hammer griffbereit, um Davids erbärmliches Leben auszulöschen.

David schloss die Augen und betete leise in seinem Versteck vor sich hin.

Urian schlich langsam an den Tischen mit den Mikroskopen und an den Betten vorbei. David ließ seine Augen geschlossen. Er hörte nur den schweren Hammer, der über den Boden geschliffen wurde, die Fliegen und das Atmen durch eine Maske.

Plötzlich blieb Urian vor den Spinden stehen und starrte sie an. David öffnete die Augen und begann lautlos zu weinen. Es war vorbei.

Urian holte mit seinen kräftigen Armen aus und schlug in seiner Wut alles in Schutt und Asche, was seinen Hammer küssen musste. David beobachtete das Schauspiel durch die Schlitze.

Zu Davids Überraschung blieben die Spinde verschont. Das Monster blieb mit dem Rücken zu David an der gegenüberliegenden Wand stehen.

David sah zu Urian rüber und schließlich zu dem Loch im Boden, in dem vorher noch der Gullydeckel angebracht war.

David öffnete langsam die Tür des Schrankes und trat zitternd und verschwitzt heraus.

David schlich zu dem Loch, in der Hoffnung nicht entdeckt zu werden. Doch der Haken an seinem Fuß schrammte unüberhörbar über den Boden und Urian drehte sich lächelnd zu David um. Beide starrten sich tief in die Augen. David wurde bei dem Anblick eiskalt.

Urian packte mit seiner rechten Hand den Hammer, und rannte auf David zu. Mit einem entsetzten Gesichtsausdruck riskierte David alles und sprang in das Loch.

Es spritzte, als David hineinfiel.

Das unterirdische Kellergewölbe war so groß wie ein Schwimmbecken. Knochen und tote Kinder trieben in dem Becken, das mit Wasser und Blut gefüllt war, umher.

David krabbelte sofort aus dem Becken heraus und übergab sich auf der Stelle.

»Da haben sie also die Kinder entsorgt«, stellte er schockiert fest.

Seine gesamte Kleidung, war mit Blut durchtränkt.

Er stand in einem Gewölbe, in dem es nur eine Tür gab, sonst nichts.

Die Tür stand ein paar Zentimeter offen, David riss an der Tür, doch sie war so alt und morsch, dass sie sich kaum bewegte.

Ein Platschen war zu hören. David drehte sich zum Becken und sah Uriel, der mit einer kleinen, gelben Kettensäge im Leichensaft stand.

Uriel nahm den kleinen schwarzen Griff in die Hand, zog daran und die Kettensäge sprang sofort an. Davids Blutdruck schoss in die Höhe, als Uriel aus dem Becken hinausstieg und vor ihm mit der Kettensäge hantierte.

»Nein! Du wirst mich nie kriegen, du Arschloch!«, schrie David und drückte seinen Körper durch den

Spalt durch die Tür. Doch der Hacken an seinem Fuß verhakte sich im Türrahmen, er blieb stecken.

Uriel holte aus und schnitt mit der Kettensäge den Fuß mit Leichtigkeit ab.

Davids Bein begann fürchterlich zu schmerzen, als die Säge seine Knochen durchschnitt. David fiel hin und sah seinen abgetrennten Fuß im Türrahmen stecken.

Ihm wurde schwarz vor Augen, doch er humpelte auf einem Bein immer weiter zu dem Aufzug, der offen am Ende des Ganges auf ihn wartete. Urian griff mit seiner rechten Hand die Tür und riss sie locker aus ihrer Verankerung. Sofort verfolgte Urian den schwachen Krüppel, mit einem Zorn, den das Monster noch nie zuvor verspürt hatte. David hörte den Dieselmotor der Kettensäge immer näherkommen.

»Nur noch ein bisschen, gleich hab ich es!«

Er sprang mit seinem gesunden linken Bein ab und landete in dem Aufzug.

Ein stählernes Gitter fiel von oben herab und verschloss ihn. Uriel versuchte noch, mit seiner Kettensäge das Gitter zu durchschneiden, doch der Aufzug setzte sich in Bewegung. David war gerettet. Um Haaresbreite hätte ihn die Kettensäge das Leben geraubt.

Kapitel 17

David untersuchte sein fußloses Bein.

Eine Blutlache sammelte sich auf dem Boden des Aufzuges, seine Lunge brannte. Er hatte keine Energie mehr. Ein Stück abgerissener Unterbeinknochen stach gut 2cm aus der Wunde heraus.

David nahm seinen Gürtel und versuchte ihn so fest wie möglich um seinen Oberschenkel zu zurren, damit die Blutung etwas gestoppt wurde.

Nach einer endlosen langen Minute hielt der Aufzug an und das Gitter öffnete sich. David erhob sich mit letzter Kraft, ihm war schwindlig und heiß. Lange würde er durch den starken Blutverlust nicht überleben können. Er hatte Fieber, zitterte.

Er fand sich in einem dunkeln Gang wieder, der nur schwach beleuchtet war.

Die paar Glühbirnen, die an der Decke hingen und nur teilweise funktionierten, flimmerten vor sich hin, während die restlichen schon zerbrochen waren. Scherben lagen am Boden. Am Ende des Ganges sah er eine Leiter, die gut 5 Meter in die Höhe reichte. Es war nicht einfach für einen Krüppel, der kurz vor dem Tode stand, sich an der Leiter hochzuziehen. Doch er schaffte es, indem er sich abwechselnd mit beiden Händen hochzog und mit seinem gesunden linken

Bein an den Sprossen der Leiter abstützte. David blickte nach oben.

Er sah alles nur noch sehr weit entfernt und verschwommen, trotzdem konnte er eine braune hölzerne Falltüre mit einem goldenen Ringgriff ausmachen.

Er hob mit seiner linken Hand die Falltür nach oben und die goldenen, warmen, friedlichen Sonnenstrahlen brannten auf sein blutverschmiertes Gesicht nieder. Die kühle angenehme Luft des Waldes sammelte sich in seinen angestrengten Lungen. Er war frei. Er genoss die leichte kühle Brise, die er auf seiner Haut spürte. Er hatte es geschafft. Er zog sich nach oben und blieb erleichtert neben der Falltür im feuchten, grünen, duftenden Gras liegen.

Ein paar Bienen summten im hohen Gras umher, um den Nektar, von den verschiedensten Blumen abzutragen. Nach stundenlanger Gefangenschaft war er endlich frei.

»Ich hab es geschafft!« Er begann vor Glück zu weinen, doch seine Glückssträhne sollte nicht lange anhalten.

David konnte nicht mehr aufstehen, seine Kraft hatte ihn verlassen. Er hatte schon zu viel Blut verloren. Er lag regungslos da und blickte in den blauen Himmel hinauf, der von fluffigen weißen Wolken überzogen war. Ein schöner Anblick. Traurig kullerten Tränen seine Wangen hinunter. »Sammy, Michael, ich habe euch beide enttäuscht! Es tut mir so leid meine Freunde! Bitte vergib mir!«

Kapitel 18

Plötzlich wurde es um ihn herum finster und eiskalt. Er hörte eine süßliche Stimme singen und Glöckchen klingeln. Verschwommen sah er eine dunkle, große Gestalt, in einem schwarzen Anzug, einer roten Krawatte und einem weißen Hemd, die sich ihm langsam näherte. Sie hatte lange dünne Beine, ebenso dünne Arme und ein weißes Gesicht. Ohren, Augen und Mund konnte er nicht wirklich erkennen, so konturlos war seine Wahrnehmung. An seiner linken Hand hatte die Gestalt einen silbernen Haken, an dem mehrere kleine, süße Puppen, mit Glöckchen um dem Hals aufgespießt waren. Es stand gut 1 Meter vor ihm. David blickte in das weiße Gesicht. Je länger er dort hineinsah, umso schwindeliger wurde ihm.

»Sammy, ich komme nachhause«, stammelte David erleichtert, zum Sterben bereit.

Der Nebelmann streckte seinen rechten Arm aus und reichte dem tapferen Polizisten seine Hand. David ergriff sie und er spürte, wie die warmen Hände ihn sanft hochhoben. David wurde an den warmen Körper des Mannes gepresst und blickte nun auf das schöne, große, goldene Himmelstor, das vor ihm stand. Er betrat es und Sammy sprang fröhlich bellend zu ihm. David umarmte seinen lieben Schäferhund und weinte dabei. »Jetzt wird alles gut mein Freund!«

Kapitel 19

Herr Kubic betrat schon um 7 Uhr morgens sein Büro. Schlecht gelaunt schlug er die Tür auf und staunte nicht schlecht, als eine braune Box und ein Zettel daneben auf seinem großen Schreibtisch stand.

Er setzte sich auf seinen großen Sessel und schloss eine kleine Schublade auf, die in dem Schreibtisch eingebaut worden war. Er öffnete sie und holte ein kleines schwarzes Messer heraus.

Er betrachtete den großen Karton neben sich. *»Kein Absender, das ist eigenartig!«*

Er schnitt langsam das durchsichtige Klebeband auf und öffnete den Karton.

Herr Kubic schrie auf, als er sah, was sich in dem Paket befand.

Unter Tannenzapfen, Gras und Blätter lag der abgetrennte blutverschmierte Kopf Davids im Karton.

»Oh Gott was soll das!«, schrie er, »und was ist das?« Er nahm das Stück Papier, das neben dem Karton lag in die Hand und entfaltete es.

Darauf war eine schwarz gekritzelte Kreatur im Wald zu sehen. Daneben stand etwas geschrieben: »VERFOLGEN«.

Während der Förster dem Priester folgte, hatte das Monster die sieben Säulen erreicht. Michael war an den Händen, die er hinter seinem Rücken verschränken musste, gefesselt. Er wurde von seinem Widersacher gestützt.

Es war mehr ein Schleifen als ein Humpeln. Sie gingen schnurstracks zu einem anscheinend unbewohnten Anwesen. Michael erkannte es wieder. Die Eingangstür stand immer noch einen Spalt breit offen, so wie bei seinem letzten Besuch mit David, als der Angriff passierte.

Das Monster trat gegen die hölzerne Tür, diese schlug mit einem lauten Knall gegen die Wand. Nun standen sie direkt in einer kleinen runden Aula, in der ringsherum alte schwarz-weiß Fotos auf Augenhöhe angebracht waren. Außer drei Türen, die sich genau an der gegenüberliegenden Wand befanden, schien der Raum ansonsten leer zu sein. Die Wände waren mit alten Backsteinen gebaut worden, viele von ihnen waren nicht mehr intakt, überall bröckelten die Steine schon an den Seiten ab. Es lag ein modriger Geruch in der Luft.

»Du musst hier mal wieder richtig durchlüften«, sagte Michael mit einer belegten Stimme. Das Monster blieb stehen, drehte sich um und sah in Michaels Augen.

Der Kommissar sah in weißgrüne, eiskalte Augen. Das Gesicht des Monsters fing an, zweimal unkontrolliert zu zucken.

»Hast du eine Nervenkrankheit oder sowas ähnliches?«, fragte Michael kämpferisch.

Das half ihm wenigstens etwas, um sich von seinen Schmerzen abzulenken.

Er bemerkte etwas zu spät, aufgrund seines ohnehin schon lädierten Gesichtes und den zugeschwollenen Augen, dass von links eine Faust auf ihn zugeflogen kam. Er konnte gerade noch seinen Kopf zur Seite neigen, damit der Aufprall nicht mit voller Wucht einschlug. Sein Kopf erschütterte innerlich, als die Faust das Ohr traf.

Der stechende Schmerz, der vom Ohr ausging und bis zur Schläfe strahlte, verriet ihm sofort, dass etwas nicht stimmte. Er hatte sein Gehör auf der linken Seite verloren, anscheinend ist das Trommelfell geplatzt. Michael ging durch den Schlag zu Boden und rollte sich hin und her. Davon versprach er sich etwas Linderung. Das Monster packte ihn am Nacken und hob ihn wieder auf. Er schleifte Michael zur rechten Türe, öffnete diese und ging einige dünne Treppenstufen hinunter in die Dunkelheit. Als sie unten angekommen waren, gingen sie rechts um die Ecke und Michael sah verschwommen einen etwa sechs Meter langen Gang. Er war gerade so breit, dass ein Mensch bequem hindurch passte. Acht Türen zählte Michael, jeweils vier auf jeder Seite. Das Monster schubste ihn forsch voran, bis sie bei der siebten Tür ankamen. Aus seiner verwitterten Hose holte er nun einen Schlüsselbund heraus, sperrte die massive Eisentür auf und trat Michael mit dem rechten Fuß hinein. Dieser schlug hart auf dem kalten Lehmboden auf. Die Eisentür wurde wieder abgesperrt und er hörte, wie Schritte sich langsam entfernten. Der Kommissar sah sich um. Außer einer Liege, die links in der Ecke stand, war nichts zu sehen.

Nach einiger Zeit wachte er durch seine Schmerzen wieder auf. Er war wohl vor lauter Schmerzen und Erschöpfung auf dem Boden ohnmächtig geworden. Wie lange war er nur weggetreten? Stunden, Tage oder sogar Wochen? Er war vollkommen orientierungslos. Einmal hörte er ein dumpfes Geräusch, das sich nach einer Kettensäge angehört hatte, oder war das nur ein Traum? Ein sanfter Honigduft machte sich breit. Vielleicht war er aber auch nur eingeschlafen. Ist ja fast das Gleiche, dachte er sich.

Oben in der Mitte der Decke sah er plötzlich, wie sich eine Lucke laut, aber langsam öffnete. Er wollte aufstehen und hingehen, um sich das etwas näher anzuschauen. Doch es ging nicht. Er war bewegungsunfähig. Der ganze Bewegungsapparat schien außer Gefecht zu sein. Mit den Augen verfolgte er, wie mit einem Satz ein großer Sandberg herunterprasselte. Als der Berg etwa einen Meter Höhe erreicht hatte, kam nichts mehr herunter und die Lücke begann sich wieder zu schließen. Erst bei näherer Betrachtung des Sandbergs, fiel ihm auf, dass dieser sich bewegte. Anscheinend war ein gewaltiger Ameisenhaufen heruntergeschüttet worden. Die roten kleinen Insekten wuselten in alle Richtungen umher. Es waren unzählige. Jetzt verstand Michael, warum es hier nach Honig roch und schielte an sich herunter. Sein noch vorhandenes Bein war mit Honig eingeschmiert worden. Der kleine Stumpen ebenso. Genauso, wie seine Genitalien. Es dauerte nicht lange, bis die roten Ameisen das Festmahl gefunden hatten und damit begannen, langsam seinen Fuß abzutragen. Vor panischer Angst gefror sein Herz kurz ein und er versuchte zu schreien, doch er brachte kein Ton hinaus. Er bemerkte nicht, dass er durch das kleine Schiebefenster an der Tür beobachtet wurde. Zu groß war die Gefahr in der Mitte des Raumes. Immer wieder wurde er ohnmächtig, denn sein Körper rebellierte zunehmend gegen die unvorstellbaren Schmerzen, denen er die ganze Zeit ausgesetzt war. Nach einigen Minuten fraßen sich die fleischfressenden Ameisen bis zu seinem Oberschenkel vor. Doch Blut war nicht zu erkennen, denn scheinbar verwerteten die Insekten selbst das Flüssige.

Kapitel 20

Plötzlich wurde der Kommissar durch zwei laut, hintereinander folgenden Schüssen aufgeschreckt. Ein dumpfes Geräusch war zu hören. Dann klimperte ein Schlüsselbund. Die Tür wurde abrupt aufgerissen. Herein stürmte sein Chef, Hauptkommissar Kubic. Er blieb erschrocken stehen, erkannte die Lage schnell und ging wieder hinaus. Nach kurzer Zeit kam er mit zwei flackernden Fackeln wieder, die draußen im Gang an jeder Türe hingen. Mit langen Schritten eilte er zu Michael und hielt die Fackeln an Michaels Oberschenkel, um die Ameisen zu vertreiben. Es klappte. Schnell wuselten die Insekten in Richtung ihres Baus, um Schutz vor dem Feuer zu suchen. Ein Rettungsteam schnallte ihn auf einer Trage und transportierte ihn ab. Benommen sah Michael, wie ein regungsloser Körper auf dem Rücken am Boden lag. Zum ersten Mal sah er das Monster komplett und unmaskiert. Ein Schaudern stellte seine Haare am ganzen Körper auf. *»Was treibt einem Menschen dazu, so etwas zu machen?«*, fragte er sich innerlich.

»Alles wird wieder gut, sie sind jetzt in Sicherheit«, sagte Hauptkommissar Kubic, der den Sanitätern hinterherging und Michael nicht von der Seite wich. Doch er wusste selbstverständlich, dass bei Michaels Zustand nicht mehr viel zu machen war. Nachdem die

Trage mit dem Schwerverletzten in das Krankenwagensystem eingerastet wurde, sprang Kubic zur Seitentür hinein, um bei ihm zu bleiben.

»Herr Polizeihauptkommissar, kommen sie schnell!«, rief ihm ein Beamter im Laufen entgegen und wedelte wild mit den Händen.

»Wir haben was entdeckt, das müssen sie sehen«, keuchte der Polizist, als er endlich atemlos den Krankenwagen erreicht hatte.

»Was ist denn?«, fragte Hauptkommissar Kubic und sprang schnell wieder aus dem Krankenwagen heraus. Der Krankenwagen fuhr, nun ohne ihn, mit tönender Sirene davon. Herr Kubic sah dem Wagen noch kurz nach, er machte sich große Sorgen um seinen alten Freund. Einige Sekunden später folgte er dem Beamten wieder zurück in den Keller.

»Das müssen Sie sehen, kommen sie schnell! Bei der Durchsuchung des Hauses haben wir noch jemanden entdeckt, aber er scheint nicht recht bei Sinnen zu sein.«

Als sie im Keller ankamen, sah der Hauptkommissar, wie zwei schwerbewaffnete vom SEK eine Tür bewachten. Kubic sah die Zwei kurz an, blieb vor der Tür stehen und lauschte. Hörte er da etwa Musik? Ihm wurde die Tür geöffnete, die nicht, wie die anderen, mit einer Zahl gekennzeichnet war. Er blickte in einen fast leeren Raum. Ihm gegenüber sah er, wie etwas Licht auf eine große Werkbank fiel. Dort in der Mitte saß auf einem alten, braunen Bürostuhl, der schon seine besten Jahre gehabt hatte, ein älterer Herr. Genauso, wie das Futter aus dem Stuhl quoll, hingen dem Mann lange, dünne, weiße Haare vom Hinterkopf. Dieser arbeitete mit absoluter Ruhe an seiner Werkbank. Kommissar Kubics Blick ging nach unten. Da bemerkte er, wie eine etwa ein Meter lange Eisenkette am rechten Fuß, oberhalb des Sprunggelenks befestigt war.

Am anderen Ende der Kette war eine dicke, schwere Eisenkugel angebracht. Der freie Fuß wippte schwungvoll im Takt zu der klassischen Musik, die leise aus einem alten, abgenutzten Plattenspieler kam, der rechts von dem unbekannten Mann stand. Der schwarze Lack blätterte schon an einigen Stellen ab. Links von ihm sah der Hauptkommissar ein kleines Regal, in dem alle möglichen Utensilien und Werkzeuge deponiert waren. Rechts von der Werkbank lagen lauter kleine Puppen, die sich schon zu einem kleinen Berg angehäuft hatten.

Kapitel 21

»He Sie da, wer sind Sie? Drehen Sie sich sofort um!« Der Stuhl drehte sich langsam.

Die Kette an seinem Fuß rasselte dabei laut auf.

Der Mann hatte ein bleiches, fahles Gesicht und die Augen waren zu engen Schlitzen geformt.

Die Nase ragte kaum aus dem Gesicht heraus. Der Mund war sehr klein und dünn. Der Mann war ziemlich abgemagert, unter der grauen Haut sah man alle Rippen hervorschauen. In der einen Hand hielt er eine fast fertige weiße Puppe, so wie die, die der Entführer immer an den Orten der entführten Kinder hinterlassen hatte. Am Ende des anderen Armes befanden sich keine Finger, sondern ein Haken, der stark im Licht funkelte. Darin hielt er ein kleines Feinmechaniker Werkzeug verkeilt, das aussah, wie eine Miniaturzange.

»Wer sind sie?«, fragte der Kommissar noch einmal.

Doch der Mann schwieg und sah nur teilnahmslos zu ihm herüber.

»Nehmt ihn fest und bringt ihn auf das Revier, vielleicht ist er dort redseliger!«, wies der Hauptkommissar dem Beamten an. »Wir bekommen schon noch heraus, wer du bist«, sagte er mit schnittiger Stimme. Sofort kam das SEK herein, um ihn in Gewahrsam zu nehmen.

Hauptkommissar Kubic verließ den Raum und ging die Kellertreppen hinauf zu seinem Wagen. Endlich draußen angelangt, schloss er kurz die Augen und atmete mehrmals tief ein und aus, um sich zu beruhigen.

Als er sich wieder gefasst hatte, lief er zu seinem Auto, stieg hinein und fuhr wieder in das Revier.

Einige Stunden sind vergangen, als endlich ein Beamter hereinkam, nur um ihm mitzuteilen, dass die Überprüfungen rein gar nichts ergeben hatten.

»Der Mann hatte weder Ausweis noch sonst was bei sich. Die Fingerabdrücke sind auch nicht im System. Wir haben eine Speichelprobe genommen. Mal sehen, was die DNA-Überprüfung herausfindet. Bis das Ergebnis kommt, dauert es allerdings einige Tage. Er ist momentan in Raum drei.«

»Ich nehme mir den jetzt mal vor«, rief Kubic. Schnell stand er aus seinem Stuhl auf und eilte runter in den Keller. Dort waren die Zellen und Verhörräume untergebracht.

Als er unten ankam, ging er schnurstracks zum dritten Verhörraum und öffnete die schwere Stahltür. Da saß der Verdächtige ganz ruhig auf einem Metallstuhl. Die schwere Eisenkugel hatte man ihm abgenommen. Am Knöchel jedoch erkannte man immer noch die Eindruckstelle der Eisenfessel, denn dort war die Haut wundgerieben.

Hauptkommissar Kubic blieb vor ihm stehen und verschränkte seine Arme.

»Sagen Sie mir jetzt, wer Sie sind?«, fragte er fordernd.

Der mysteriöse Mann sah ihm direkt in die Augen.

Auf einmal schlug er mit seinen zwei Fäusten auf den Holztisch, so dass sein Metallhaken darin stecken blieb.

»Mein Name ist Rüdiger Schmolz«, sagte der Mann mit absolut sanfter und überhaupt nicht aggressiver Stimme. Sie war sehr süßlich und angenehm. Nicht zu einem Mann in seinem Alter passend.

Kubic schätzte ihn auf Mitte fünfzig. Als er ihn näher betrachtete, fiel ihm auf, dass seine Arme fast gänzlich mit alten Narben übersät waren. Er war sehr groß und dünn. Das ist dem Hauptkommissar vorhin im Keller gar nicht aufgefallen, so sehr hatte er sich um Michael gesorgt. *Vielleicht bin ich aber auch von den Ereignissen leicht geschockt«*, dachte er sich.

»Soso, Rüdiger Schmolz«, murmelte er und sah kurz hinauf in die rechte obere Ecke, um sicherzugehen, dass die Kamera auch lief.

»Woher kommen Sie? Was haben Sie dort im Keller gemacht? Wie lange wurden Sie gefangen gehalten?«, fragte er schnell und beobachtete sorgsam, ob der Mann eine Regung auf seine Fragen zeigte.

»Ich wurde nicht gefangen gehalten«, kam als Antwort, »ich bastele gerne kleine Puppen für die kleinen Kinder, das mögen sie doch so gerne. Ich hab sie doch nur so lieb und möchte ihnen etwas Freude bereiten.« Nun sah er den Hauptkommissar mit den kleinen langen Schlitzaugen an. »Du hast mir meinen einzigen Freund genommen, den ich je hatte!«

Dabei schlug er wieder mit seinem Haken auf den Tisch. Etwas Holz splitterte ab und die Handschellen

klirrten dabei wild auf. Kubic legte seine Hände auf
dem Tisch ab und beugte sich zu ihm hinüber.

»Was erzählen Sie da? Sie lagen in Ketten und wurden nicht gefangen gehalten? Und wie wollen Sie in
Gefangenschaft Kindern eine Freude machen bitte?
Rücken Sie mit der Wahrheit raus, wo sind die vermissten Personen, was haben Sie zwei mit ihnen gemacht? Leben Sie noch? Wenn ja, dann sagen Sie mir
sofort, wo ich sie finden kann!«, schrie er ihm wutentbrannt entgegen.

»Mein Freund hatte mich nur in Ketten gelegt, damit ich nicht jeden Tag duzende Kinder besuche. Er
meinte, das ist nicht gut für mich! Er hatte sich um
mich gesorgt, das hatte zuvor noch sonst niemand. Er
war ein guter Mensch.«

»Ihre Eltern müssen ja stolz sein, in einem dunklen
Verlies kleine Puppen für Kinder zu basteln. So ein Irr-
sinn habe ich bisher noch nie gehört. Ich lasse dich hier
erst mal versauern, bis der DNA-Test da ist, dann weiß
ich mehr.« Der Hauptkommissar erhob sich abrupt
und verließ den Raum. Voller Wut schlug er die
schwere Tür gewaltsam zu.

Als ihm endlich der Test vorgelegt wurde, traute
Kubic seine Augen kaum.

Er ergab tatsächlich, dass das Rüdiger von Schmolz
war, der von einer hier sehr bekannten und angesehe-
nen alten Adelsfamilie abstammte.

Daraufhin besuchte er ihn ein zweites Mal. Diesmal
nahm er allerdings einen Psychologen mit. Dieser
sollte beurteilen, ob er überhaupt noch bei Sinnen ist.

»Herr von Schmolz, wollen Sie mir endlich die ganze Wahrheit erzählen? Wo sind die Vermissten? Rücken Sie damit raus, ansonsten wird es ziemlich ungemütlich für Sie«, warnte Kubic schon beim Eintreten des Verhörraumes. Er und der Psychologe setzten sich auf die zwei bereitstehenden Stühle, gegenüber dem Tisch.

»Du willst alles wissen? Führe mich nur noch einmal zur großen Lichtung neben dem Haus, und ich werde alles erzählen. Ansonsten werde ich schweigen wie ein Grab!«, säuselte er mit seiner süßlichen, fast mädchenhaften Stimme.

Nach kurzer Überlegung stimmte Hauptkommissar Kubic zu. Er musste einfach wissen, wo die Vermissten waren. Zu lange sind sie schon verschollen und er möchte den Familien ihre Angehörigen zurückbringen. Auch wenn es vermutlich nur Leichen sein werden, konnten die Familien einen Abschluss finden und in Frieden trauern. Das war er ihnen schuldig.

»Nun gut, ich veranlasse einen Transport. Zuerst müssen Sie aber erzählen, was da unten vor sich ging, sonst können Sie das vergessen«, fügte er hinzu.

»Ich bin Rüdiger Schmolz. Das von lasse ich immer weg, denn ich gehöre nicht zu denen«, fing er an,

»wir waren fünf Kinder, wobei ich der Jüngste davon war. Alle meine vier Geschwister durften immer alles, auch so einfache Sachen, wie Fangen spielen, Fahrrad fahren und so.

Ich weiß bis heute nicht, warum ich nichts davon erleben durfte, warum meine Eltern mich immerzu gedemütigt und verdroschen haben. Daheim habe ich kein Wort sprechen dürfen. Während meine drei Brüder und die Schwester herumschreien und kreischen durften, wurde ich sofort ins Gesicht geschlagen, wenn ich auch nur ein Wort von mir gegeben habe. Manchmal hat mich mein Vater auch nur aus Lust und Laune ins Gesicht geschlagen, obwohl ich nichts gesagt oder angestellt hatte. Sogar am Esstisch ist er mehrere Male aufgestanden, zu mir gelaufen und hat mir mit seiner Faust ins Gesicht geschlagen. Abschaum sei ich, hat er immer wieder gerufen. Und ich habe nie verstanden warum. Meine Mutter hat sich überhaupt nicht um mich gekümmert. Sie hat nur immer hämisch gelacht, wenn ich wieder Prügel bezogen habe.

Während meine Geschwister fröhlich spielten, wurde mir das immer verwehrt. Stattdessen durfte ich auf dem großen Gut in der hauseigenen Metzgerei, oder bei der Gärtnerei schuften. Von morgens um acht, bis zum Sonnenuntergang. Das musste ich schon als kleines Kind. Mit sieben musste ich in der Küche Fisch ausnehmen, den mein Vater frisch gefangen hatte. Als er einmal gesehen hat, dass ich zu viel Fleisch wegschnitten hatte, hat er ein Metzgermesser in die Hand genommen und mir ohne zu zögern meine Hand abgeschlagen. Als ich mich schreiend und blutverschmiert auf dem Boden niederkauerte, hat er mir einfach einen Klaps auf den Hinterkopf gegeben und dabei genüsslich gelacht. Irgendwann ist mir vor lauter Schmerz schwarz vor Augen geworden und ich wurde bewusstlos. Doch niemand hat sich um mich gekümmert. Mit ungefähr zehn Jahren bin ich in den nahen gelegenen Wald geflohen und habe dort meinen Freund kennengelernt. Er war genauso alt wie ich. Ich habe beschlossen, bei ihm zu bleiben, nachdem sein Vater es mir angeboten hatte. Nach mir wurde sowieso nicht gesucht, geschweige denn, dass mich jemand vermisst hätte. Der Vater meines neuen Freundes hat sich um mich gekümmert, als wäre ich sein eigener Sohn.«

Er hob kurz den rechten Arm.

»Der Herr war es auch, der mir diesen Haken geschmiedet und an meiner abgehackten Hand angebracht hatte. Hier habe ich zum ersten Mal Harmonie und Freude kennen gelernt. Sowas kannte ich bislang überhaupt nicht. Ich erinnere mich noch genau an den Tag, als ich zum ersten Mal in meinem Leben ausgelassen gelacht habe. Es war mein zwölfter Geburtstag, und stellt euch vor, da habe ich zum ersten Mal ein Geburtstagsgeschenk überreicht bekommen. Ein unbeschreibliches Gefühl überkam mich, ich konnte gar nicht mehr aufhören zu lachen und mich zu freuen. Das ich nicht mal Prügel dafür zu befürchten hatte, war auch irgendwie komisch. Ich habe mich sicher und geborgen gefühlt. Sowas ist mir bisher fremd gewesen. Das war ein überwältigendes Gefühl. Zusammen hat uns der Meister den Kampfsport gelernt und wie man richtig jagt. Wenn ich es richtig in Erinnerung habe, hat er uns alle möglichen Jagdtechniken gelehrt. Doch eigentlich bastele ich lieber, so komme ich auf andere Gedanken und kann mich in eine andere Welt versetzen. Ich möchte doch nur ein Stück Kindheit erfahren. Es freut mich ungemein, die Kinder beim

Spielen zu zusehen. Darum bastle ich ihnen Puppen. Ich hoffe, dass sie gut ankommen und sie sich freuen.«

»Wo sind die Vermissten?«, fragte Kubic nochmals eindringlich.

»Das weiß ich nicht. Mein Freund hat sich um sie gekümmert, so wie sein Vater es ihm beigebracht hatte. Das sagte er immer, wenn ich gefragt habe. Nach dem Tod des alten Herrn übernahm er die familiären Pflichten. Ständig redete er davon, der Hüter des Waldes und der Matrone zu sein. Ab und an hat er auch von irgendwelchen Medaillons gesprochen. Mehr weiß ich nicht, ich bin selten aus meinem Zimmer herausgekommen. Bitte bring mich jetzt zur großen Lichtung.«

»Was wollen Sie da?«, fragte der Hauptkommissar.

»Noch ein letztes Mal die Waldluft aufsaugen und die Sterne sehen«, antwortete Rüdiger sofort, »es beruhigt mich ungemein.«

»Ich hole Sie in zwei Stunden ab, dann bringe ich Sie dorthin«, sagte Kubic, stand auf und ging hinaus. Der Psychologe folgte ihm.

Als die Tür hinter ihnen wieder verschlossen war, sagte der Hauptkommissar zum Psychiater: »Der Typ ist verrückt, der gehört sofort in die Klapse eingewiesen. Was sagen sie?«

»So krass es klingt, doch ich hatte das Gefühl, dass er die absolute Wahrheit gesagt hat. Und zwar von Anfang an bis Ende.«

Abrupt blieb Kubic stehen, er wurde kreidebleich.

»Das wäre echt abnormal. Das, was er erzählt hat, kann nicht stimmen. Welche Eltern tun einem Jungen denn sowas nur an? Und vor allem warum?«

Der Psychologe schüttelte nur fassungslos und nachdenklich den Kopf.

»Ich schreibe meinen Bericht und lasse es Ihnen dann sofort per E-Mail zukommen,« sagte dieser und verabschiedete sich mit einem flüchtigen Händeschütteln.

Der Hauptkommissar blickte auf seine Uhr. Es war schon ziemlich spät. Seine Uhr zeigte halb elf an.

Mit einem langgezogenen Seufzen machte er sich auf in den ersten Stock zu seinem Büro. Dort führte er einige Telefonate und versuchte, eine geeignete Gruppe zusammen zu trommeln, um diesen von Schmolz zur Lichtung zu bringen und ihn zu bewachen. *»Das wird schwer, aber machbar«,* dachte er sich. Wir sind ja nur ein Dorf und keine Großstadt.

Als er endlich seine Polizisten aus dem Bett geworfen hatte und alle vollzählig erschienen waren, führte die sechs Mann schwere Truppe, ausnahmsweise zusätzlich mit Maschinenpistolen ausgerüstet, die seit Jahren im Waffenschrank verstaubten, Herrn von Schmolz aus dem Verhörraum in einen schwarzen Van, dessen Scheiben alle verdunkelt waren. Hauptkommissar Kubic setzte sich nach vorne auf den Beifahrersitz und gab mit einem Nicken dem Fahrer zu verstehen, dass es losging. Sofort steckte dieser den Schlüssel in die Zündung und fuhr langsam los. Heute war eine sehr dunkle und neblige Nacht. Je näher sie dem Wald kamen, umso dichter wurde der Nebel.

Während der Fahrt war Herr von Schmolz von fünf
Polizisten umgeben und jeder zielte mit einer Maschi-
nenpistole auf ihn. Drei saßen ihm gegenüber, links
und rechts von ihm jeweils noch einer. Von jeder Seite
spürte er den Lauf der Beamten. Sein Blick war ge-
senkt und er starrte in seine zusammengefalteten
Hände. Mit den Handschellen war er sowieso während der ganzen Fahrt in der Bewegung einge-
schränkt.

Kapitel 22

Als sie nach einiger Zeit endlich an der großen Lichtung unweit des großen Hauses ankamen, blieb von Schmolz kurz stehen und blickte hinüber zum alten Haus. Nur noch schattenhaft war es durch den Nebel zu erkennen. Mit seinen zum Gebet zusammengefalteten Händen, malte er erst ein imaginäres Kreuz, bevor er an sich selber ein Kreuz zeichnete.

»Lasst mir etwas Privatsphäre bitte«, krächzte von Schmolz zum Hauptkommissar gewandt und setzte sich in Bewegung in Richtung des höchsten Punktes der Lichtung.

»Umzingelt ihn, aber haltet einige Meter Abstand«, befahl Kubic knapp der Einsatzgruppe.

Schemenhaft erkannte der Hauptkommissar, wie von Schmolz seine Arme von sich streckte und etwas Unverständliches murmelte. In der rechten Hand hielt er eine Kette, daran blitzte ein großes Medaillon im Nebel. Genau in diesem Augenblick befreite sich der Vollmond von den Wolken und erhellte die Lichtung. Die Gruppe sah im dichten Nebel, wie von Schmolz langgezogene Schatten warf. Dann verdeckten die Wolken wieder den Mond und es wurde erneut finster.

»Wo ist er hin?«, rief Kubic ungläubig.

»Habt ihr ihn entkommen lassen? Sucht ihn sofort!«, rief er außer sich, sichtlich irritiert und nervös.

»Er kann nicht entkommen sein, wir haben ihn umzingelt!«, rief ein Polizist mit ängstlicher Stimme.

Ein anderer Polizist stapfte mit wackligen Beinen zum Hauptkommissar.

»Ich bin mir nicht sicher, aber ich glaube, das war der Nebelmann«, stammelte dieser mit leiser Stimme.

»Nebelmann? Wer oder was soll das sein, verdammt nochmal!«, schrie Kubic ihn an.

»Ja, oder auch Fogman genannt. Das ist eine alte Sage hier aus der Gegend. Meine Eltern haben mir diese Geschichte oft als kleines Kind erzählt, damit wir nicht alleine in den Wald gehen«, redete der Polizist nun etwas gefasster weiter, »es heißt, der Nebelmann lockt Kinder mit Spielzeug in den Wald und man sieht diese dann nie wieder. Haben Sie auch den Schatten gesehen, als der Mond auf die Lichtung schien? Er soll etwa sieben Meter groß sein, richtig lange, ausgemergelte dünne Arme haben und ein unkenntliches Gesicht. Schauen Sie sich das an. Ich habe ein Foto mit meinem Handy gemacht, kurz bevor der Mond wieder verschwand.«

Hauptkommissar Kubic sah sich das Foto auf dem Handy an und er erkannte einen schemenhaften langgezogenen Schatten. So einen großen Schatten hatte er noch nie gesehen. Er erkannte etwa fünf Meter große, dünne Arme, ein durch den Nebel unkenntliches Gesicht und riesige Beine, die durch die Größe wie zwei dünne Stecken aussahen.

»Unfug!«, schrie er und schlug dem Polizisten vor Wut das Handy aus der Hand. Mit einem leisen Klacken fiel es zu Boden. Der Polizist hob es sofort wieder auf und checkte, ob es unversehrt war.

Das Handy hatte keinen Schaden und so ließ er das Smartphone schnell in seiner rechten Hosentasche verschwinden.

»Hier ist was, kommt alle her«, rief ein anderer Beamter, der auf dem Hügel genau dort stand, wo von Schmolz zuletzt gesehen wurde.

Sofort eilten alle zu ihm. Kubic kam als letzter oben an und sah, dass der Beamte auf einer kleinen Falltür stand.

»Sofort aufmachen!«, befahl Kubic schnaufend. Bergsteigen war noch nie sein Ding. Zwei der Beamten fassten den eisernen Griff an, um die Falltür anzuheben. Sie war nicht besonders groß, gerade so, dass ein schlanker Mensch hindurch passte. Das modrige Holz ächzte und das rostige Scharnier quietschte leise. Ein paar Vögel wurden dadurch aufgeschreckt und flogen davon. Der Hauptkommissar schaltete seine Taschenlampe an und hob sie zu dem geöffneten dunklen Loch. Der Lichtstrahl setzte einen etwa 5 Meter tiefen Schacht frei, an einer Seite war eine Eisenleiter angebracht. Unten am Boden sah er einen Gang, der vom Schacht abzweigte.

»Ihr zwei Sucht ihn dort unten, der Rest durchsucht den Wald und ich gebe eine Fahndungsmeldung heraus, sofort!«, schrie Kubic wutentbrannt. Sofort schwärmte der Trupp in alle Richtungen aus und suchte den Flüchtigen. Die zwei übriggebliebenen

Beamten sahen zuerst hinunter in den Schacht und dann sich gegenseitig an. Der Erste begann hinunter zu steigen. Als er unten ankam, sicherte dieser ab, bis sein Kollege ihn erreicht hatte. Zusammen begannen sie den Fluchttunnel zu durchsuchen. Schnell stellte sich heraus, dass das ein Tunnel Netzwerk war, das sich alle paar Meter immer mehr verzweigte.

Nach Stunden der erfolglosen Fahndung im Tunnel und im Wald, waren alle mittlerweile total erschöpft und sie trafen sich wieder an der Lichtung, um die Suche vorerst zu beenden.

Zurück auf dem Revier schickte der Hauptkommissar alle nach Hause, um sich auszuruhen. Er blieb im Büro und arbeitete fieberhaft weiter. Es ist ihm noch nie passiert, dass ihm ein Verbrecher entwischte. Am nächsten Morgen wachte er auf der Tastatur seines PCs auf. Er hob seinen linken Arm etwas hoch, um auf die Uhr schauen zu können. Auf einmal machte er einen Satz nach oben. Durch das schnelle Aufsetzen, begrüßte ihn sein Kreislauf mit einem leichten Schwindelgefühl. Heute war Davids Beerdigung, er musste schnell nach Hause, sich duschen, herrichten und umziehen. Er durfte nicht zu spät kommen. Sofort und mit schnellen Schritten ging er hinaus zu seinem Wagen, öffnete die Tür und setzte sich hinein. Mit quietschenden Reifen fuhr er los.

Er kam etwas zu spät bei der Beerdigung an. Der Hauptkommissar sah sich um. Ein Trio spielte mit Trompeten eine traurige, gleichmäßige Musik. Er erkannte viele Kollegen, die David die letzte Ehre geben wollten. Dann blieb sein Blick an der trauernden

Familie hängen. In der Mitte die Ehefrau, die ständig ihre Tränen mit einem schon durchnässten Taschentuch trocknete. Links und rechts von ihr standen die beiden Kinder. Hannah, die achtjährige Tochter, sah alle paar Sekunden hinter sich, als würde sie sichergehen wollen, dass niemand hinter ihr stand.

Nach der Beerdigung ging er zur Familie, um sein Beileid zu bekunden.

Er umarmte die Kinder innig und flüsterte Hannah ins Ohr: »Du brauchst keine Angst zu haben und wenn was ist, kannst du zu mir kommen, immer.«

Hannah sah ihn mit traurigen Augen an, nickte leicht und zückte ihr Handy aus der Hosentasche. »Schauen Sie sich mal das Selfie an, das ich mit meiner Freundin auf dem Spielplatz gemacht habe.« Sie reichte Kubic das Handy, als sie ein Bild ausgewählt hatte.

Er nahm es ihr ab und sah sich das Bild an. Sofort wurde er kreidebleich.

»Wann hast du das Selfie gemacht, Hannah?«

»Letzten Donnerstag auf dem Spielplatz«, antwortete sie.

Auf dem Bild war zu sehen, wie ein Mädchen, vermutlich die Freundin, auf der Schaukel saß. Hannah stand dahinter, damit beide auf das Bild passten. Im Hintergrund waren, in einigen Meter Entfernung, zwei alte Eichen zu erkennen. Zwischen den Bäumen stand ein großer Mann, der den Mädchen zusah. Die Arme waren ungewöhnlich dünn, einen Arm hielt er ausgestreckt, aber anstelle einer Hand erkannte man einen Haken. Und in diesem Haken hielt er eine kleine

Puppe fest. Der Arm war zu den Mädchen ausgestreckt, als wolle er ihnen die Puppe geben. Das Gesicht konnte man nicht erkennen. Kubic sah sich das Handy auf der Rückseite an, es war unversehrt und die Kameralinse hatte keinen einzigen Kratzer vorzuweisen. *Aber warum kann man dann das Gesicht des Mannes nicht erkennen?*«

»Mach dir bitte keine Sorgen«, sagte er zu dem Mädchen, »ich kümmere mich darum, ok?«

Hannah nickte kurz und ging dann wieder zu ihrer Mutter, um sie zu umarmen.

Die Familie braucht sofort Polizeischutz.« Der Hauptkommissar holte sein Funkgerät heraus. *Aber noch wichtiger ist es, diesen Irren dingfest zu machen.*«

Kapitel 23

Hauptkommissar Kubic ging von der Beerdigung zu seinem Auto, um sofort zu der Grafschaft von Schmolz zu fahren. Die Adresse hatte er sich aus der Polizei Datenbank besorgt.

Er parkt seinen Wagen vor dem Eingang. Sofort kam ein Diener herbeigeeilt, um ihm die Autotür zu öffnen und das Auto auf dem Parkplatz zu parken.

Er stieg aus und reichte dem Diener seine Autoschlüssel, ging die drei Stufen hoch und klopfte zweimal fest an die goldverzierte Eingangstür.

Sofort wurde diese geöffnet, ein Butler bat ihn herein und führte ihn durch einige Räume in das sogenannte Teezimmer.

Dort saß Frau von Schmolz an einem kleinen runden Tisch. Sie war eine Frau Anfang der Siebziger, die kurzen grauen Haare hatten eine perfekte Dauerwelle. Das mintgrüne Kleid passte zu ihren grünen Augen und wurde nur von einigen dicken Perlenketten übertrumpft, die an ihrem Hals herunterbaumelten. Sie stellte gerade ihre Teetasse auf den Tisch ab. Die weiße Tischdecke schien gebügelt geworden zu sein, so glatt sah sie aus.

»Hallo Herr Hauptkommissar«, sagte sie freundlich und erhob sich, um ihm die Hand zu reichen.

Kubic schüttelte nahm ihre Hand und verbeugte sich leicht, bevor er freundlich den Gruß erwiderte.

»Gnädige Frau, danke dass Sie mich so kurzfristig empfangen«, fing er an und nahm auf dem Stuhl gegenüber Platz, »aber die Zeit drängt und ich habe einige wichtige Fragen.«

»Nun, dann fragen Sie.«

»Wie viele Kinder haben Sie?«

Sie blickte ihn sekundenlang stumm an.

»Wie viele Kinder haben Sie?«

»Vier.«

»Sind Sie sich da sicher?«

»Ja«, ich habe vier Kinder, »das Fünfte ist vor sehr langer Zeit verschwunden. Wir haben nach ihm suchen lassen, doch vergebens.«

»Wir hatten ihn kurz in Gewahrsam.«

Als die alte Dame das hörte, wurde sie kreidebleich im Gesicht.

»Rüdiger hat uns von schrecklichen Gräueltaten ihrerseits und vor allen von ihrem Gatten berichtet«, fuhr Herr Kubic fort, um zu sehen, wie die Frau reagierte.

Ihre Hand ging zu ihrer Teetasse, hob diese an und setzte sie an ihren Mund, um einen kleinen Schluck zu nehmen.

»Mein Mann ist schon vor einigen Jahren verstorben. Sie kommen etwas zu spät. Wir liebten Rüdiger nicht so, wie unsere anderen Kinder«, sagte Frau von Schmolz mit belegter Stimme und fuhr fort, »eines Tages, ich erinnere mich noch sehr genau an diesen

Abend, es war der dreizehnte November, ging ich an den Rand des Waldes, um einige Steinpilze für die Pilzsuppe, die ich so liebte, zu sammeln.

Während ich in der Hocke gemütlich die Pilze abschnitt, bemerkte ich einen Schatten über mir.

Und bevor ich mich versah, packte mich jemand von hinten und zog mich in den Wald hinein. Ich erinnere mich nur noch vage daran, was passiert war, aber ich weiß noch genau, wie ich meine zerrissene Bluse in den Händen hielt. Meine Handgelenke wurden so sehr festgehalten, dass sich das Blut staute und diese taub wurden. Als ich an mir heruntersah, war mein Kleid in Fetzen gerissen, meine Beine voll Schlamm und Blut verschmiert, vermischt mit den unzähligen Samenergüssen, die aus mir herausliefen. Unerträgliche Schmerzen machten sich zwischen den Beinen breit, ich konnte mich kaum noch bewegen, jeder Schritt war schmerzhaft. Irgendwann schaffte ich es bis nach Hause zum Gut, wo ich vor der Eingangstür zusammenbrach.« Frau von Schmolz schniefte laut, zog ein altes Stofftaschentuch hervor und schnäuzte hinein. Ihre Augen waren tränengefüllt.

»Und dann kam Rüdiger einige Monate später auf die Welt«, flüsterte sie leise mit jetzt wieder etwas gefassterer Stimme, »verstehen Sie, ich konnte ihn nicht lieben wie meine anderen Kinder, das ging einfach nicht. Und mein Mann hatte ihn leiden lassen, wofür er nichts konnte. Ich konnte ihn aber auch nicht davon abhalten, zu schwer wog der Schmerz in mir. Ich denke noch immer an jenen Tag, der zuerst mein Leben und dann meine Liebe zu meinem letzten Sohn zerstörte. Bis heute ist es nicht mal sicher, ob Rüdiger bei der Vergewaltigung, oder von meinem geliebten Ehemann gezeugt worden ist. Mein Mann sah ihn nie als Sohn, eher als Abschaum, obwohl ich insgeheim immer glaubte, dass er sein leiblicher Sohn war. Unser Sohn. Doch einen Test haben wir nie gemacht.«

Dicke Tränen flossen ihr nun an der Wange herunter.

»Ist Ihnen bewusst, was Sie mit dem Kind angestellt haben? Sie haben Ihren Sohn seelisch und körperlich bis aufs äußerste zerstört und misshandelt. Mir fehlen die Worte, wie kann man sowas seinem Kind nur antun? Ganz egal was passiert war, er konnte am wenigsten dafür. Und dann noch seine Wut an so einem kleinen Wesen genüsslich auszuleben, einfach widerlich! Stehen Sie auf und verschränken Sie Ihre Hände hinter dem Rücken, sofort!«, blaffte Kubic Frau von Schmolz an, »sie sind festgenommen, Ihre rechte lese ich Ihnen später vor.«

Als er ihr die Handschellen eng um ihre Handgelenke festzog, beugte er seinen Kopf nach vorne, sein Mund war nun ganz nah an ihrem Ohr.

»Sie widern mich an. Gehen wir«, zischte er wutentbrannt.

Energisch schob er die alte Frau an, um Richtung Ausgang zu gelangen. Nur zögerlich lief sie aus dem Raum und ging in Richtung der großen Eingangshalle. Als sie draußen angelangten, setzte Kubic sie auf den Rücksitz seines Wagens. Mit voller Gewalt schlug er die Tür zu, machte seine Fahrertür auf und ließ sich auf seinen Sitz fallen. Noch bevor er die Tür ganz geschlossen hatte, fuhr er schon an. Durch die Fahrbewegung schloss sich die Tür von selbst.

Wieder beim Revier angekommen, brachte er Frau von Schmolz in den Verhörraum und setzte sie auf einen Stuhl. Herr Kubic stand ihr gegenüber, nur der braune Holztisch trennte die beiden.

Langsam griff er in seine linke Jackeninnentasche und zog einen gefalteten Zettel heraus.

Schnell faltete er ihn auf. Seine Hände zitterten vor Wut und sein Kopf hatte schon eine rötliche Färbung angenommen.

»Wir haben einen DNA-Test gemacht und mit den ihrer anderen Kindern verglichen. Diese stimmen hundertprozentig überein, Rüdiger ist zu hundert Prozent mit ihrem Mann verwandt! Wie konnten Sie nie einen Test machen? Sie und Ihr Mann haben Ihr eigenes Kind misshandelt und gefoltert. Das ist abartig. In einem dunklen Loch sollen Sie verrotten, wobei das immer noch zu gut für Ihre schrecklichen Taten ist.«

Frau von Schmolz heulte laut auf. Kubic sah, wie ihr Herz zerbrach, doch das kam viel zu spät. Sie hätte nicht dabei zusehen dürfen, wie ihr Mann das Kind so zurichtete. Sie soll ihre gerechte Strafe erhalten.

Frau von Schmolz hatte den Kopf auf den Tisch gelegt und schluchzte ununterbrochen. Ihr Gesicht war vollkommen mit Tränen benässt.

Hauptkommissar Kubic machte kehrt und ging aus dem Verhörraum hinaus. Langsam stieg er die Treppen hoch zu seinem Büro und öffnete die Tür. Als er sich an seinen Schreibtisch setzte, schloss er kurz seine

Augen, um sich zu beruhigen. Nach kurzer Zeit öffnete er sie wieder und machte sich daran, den Bericht zu schreiben, um danach nach Hause fahren zu können.

Nach etwa drei Monaten Untersuchungshaft kam Frau von Schmolz in das nahe gelegene Frauengefängnis. Sie hatte die Höchststrafe erhalten, obwohl sie reumütig ihre Aussage machte und alles zugegeben hatte. Zwanzig Jahre, wegen tausender Misshandlungen eines Schutzbefohlenen.

Kapitel 24

Sieben Wochen später

Als Michael nach einiger Zeit aus dem Krankenhaus entlassen wurde, hatte er nach Anraten der Ärzte beschlossen, sich in eine Psychiatrie einweisen zu lassen. Er kam einfach nicht mehr klar. Ihm plagten jede Nacht diese Alpträume, in denen er immer in das Gesicht des Grauens blicken musste. In die Augen des Types, der ihm das rechte Bein und die Genitalien mit Ameisen hat langsam wegfressen lassen. Komplett gelähmt, im Rollstuhl gefangen, ohne Beine. Sprechen hatte er langsam wieder gelernt. Die unzähligen Schläge auf seinen Kopf hatten eine Hirnverletzung zur Folge. Die Sprache und der Wortschatz hörten sich allerdings wie die eines Kleinkindes an. Einige Medikamente beruhigten ihn etwas unter Tags, doch vor den Nächten hatte er immer noch panische Angst. Angst davor, einzuschlafen und seinen Albtraum in Dauerschleife immer wieder zu erleben, bis er endlich zitternd und schweißgebadet aufwachte. Einmal im Monat schaute Herr Kubic für eine Stunde vorbei. Ansonsten schob ihn seine zugewiesene Pflegerin Saskia die meiste Zeit im Park herum. Sie war etwa Mitte fünfzig, etwas mollig und hatte schulterlange, fettige, braune Haare. Das Gesicht war voller Akne und sie roch penetrant nach Schweiß. Michael fragte sich jedes

Mal, ob sie ihre Arbeitskleidung nie in die Reinigung gab, oder ob sie eine Wasserallergie hatte und sich deshalb nie wusch. Freudig dachte er sich, dass er immer noch sein gutes Beobachtungstalent in sich hatte.

Irgendwann fehlte Saskia wegen Krankheit und Michael bekam kurzzeitig eine andere Pflegerin zugewiesen.

Er saß gerade am Esstisch und aß Schweineschnitzel mit Pommes, als Sie sich ungefragt zu ihm an den Tisch niederließ und sich mit Frau Draier vorstellte. Michael stutzte, lies die Finger von der Gabel und sah sie an. Das Essen war bereits vorgeschnitten, ein Messer bekam hier niemand zum Essen. Zu groß war die Gefahr, dass irgendwer von den hunderten Patienten durchdrehte und jemanden damit angriff. Einige bekamen nicht einmal eine Gabel ausgehändigt, sondern nur einen schweren Stahllöffel, den man nicht verbiegen konnte. Diese Stimme und dieser Name kamen ihm so bekannt vor, doch woher nur? Er kam nicht darauf. Nachdem er sie zehn Minuten wort- und regungslos angestarrt hatte, stand sie auf und verließ den Raum. Nun aß Michael gemächlich weiter. *»Wenigsten riecht sie gut, das ist schonmal ein Fortschritt«*, dachte er sich.

Nachmittags im Park, nachdem ihn Frau Draier an seinem Lieblingsplatz unter der alten Eiche abgestellt hatte, stellte sie sich vor ihm auf.

»Nur damit du es weißt, es ist noch nicht vorbei!«, sagte sie und zog im gleichen Augenblick ein goldenes Medaillon aus ihrer Handtasche. Michael erstarrte innerlich, er begann überall zu zittern und schrie laut um Hilfe. Frau Draier steckte das Medaillon wieder in ihre Handtasche und beugte sich hinunter zu seinem rechten Ohr. Er spürte ihren ruhigen, warmen Atem. Sie flüsterte kaum hörbar:

»Mein Bruder ist zur Strecke gebracht worden, nun bin ich der Erbe der sieben Schmerzen. Du weißt ja gar nicht, was du angestellt hast. Du wärst die siebte Säule gewesen, doch da du noch lebst, hast du großes Unheil heraufbeschworen. Mein Bruder war nicht so diszipliniert wie ich. Ich werde wiederkommen. Doch zuerst muss ich den Schaden abwenden, den du angerichtet hast.«

Sie brach abrupt ab, als sie bemerkte, dass ein anderer Pfleger herbeigelaufen kam, um nach dem Rechten zu sehen.

»Alles gut hier, es ist nur Tablettenzeit und er ist schon etwas über der Zeit«, rief sie und begann Michael Richtung Haupteingang zu schieben. Doch sein Zustand verschlechterte sich binnen Sekunden. Aus dem anfänglichen Zittern wurde ein Beben und er beugte sich, von wiederkehrenden Phantomschmerzen geplagt nach vorne. Dabei fiel er aus seinem Rollstuhl und bekam einen Weinkrampf. Immer wieder rollte er sich nach links, dann nach rechts. Solange, bis einige Pfleger herbeiliefen, um ihm ein starkes Beruhigungsmittel zu spritzen. Sie hoben ihn wieder in den Rollstuhl und brachten ihn auf sein Zimmer. Michael lag in seinem Bett und sah kurz aus dem Fenster. Von Frau Draier war keine Spur mehr zu sehen.

DANKE

An dieser Stelle möchte ich zuallererst Ihnen, dem Leser, der Leserin, danken, dass Sie mein Buch gelesen haben. Ich hoffe sehr, dass es Ihnen gefallen hat. Mein neues Buch ist bereits in Arbeit, Sie können sich darauf freuen, schon bald wieder von mir zu lesen. Ich würde mich sehr über positives Feedback freuen.

Auch danke ich meiner Frau, die mich hierbei sehr unterstützt hat, indem sie dieses Buch nach jeder Überarbeitung Probelesen musste, obwohl das überhaupt nicht ihr Genre ist. Und selbstverständlich danke ich allen Probelesern, die mir dabei geholfen haben, dieses Buch final zu verbessern.

Nicht vergessen darf ich meinen guten Freund Manuel, mit dem ich dieses Buch erarbeitet habe. Es hat sehr viel Spaß gemacht, sich mit dir diese Geschichte auszudenken, zu grübeln und zu fachsimpeln, welcher Satz an welcher Stelle denn jetzt passender ist. Nicht immer waren wir uns in allen Sätzen einig, doch das muss ja auch nicht sein.

Und das Endprodukt erfüllt mich mit Stolz, wobei du ebenso erheblichen Anteil daran hast. Dieses Duo hat sich gesucht und gefunden.

Auch für das Lektorat möchte ich Christine danken, die sich viel Mühe gegeben hat, das alles in Ordnung zu bringen.

Infinity Gaze